让 微 博 世 界 里
开 放 温 馨 的 人 文 之 花

洞见

INSIGHT

——蒋承勇微博辑选

@蒋承勇 著

浙江工商大学出版社
ZHEJIANG GONGSHANG UNIVERSITY PRESS

图书在版编目(CIP)数据

　　洞见：蒋承勇微博辑选 / 蒋承勇著. —杭州：浙江工商大学出版社, 2014.9
　　ISBN 978-7-5178-0616-5

　　Ⅰ. ①洞… Ⅱ. ①蒋… Ⅲ. ①随笔–作品集–中国–当代 Ⅳ. ①I267.1

　　中国版本图书馆 CIP 数据核字(2014)第 191036 号

洞见——蒋承勇微博辑选

蒋承勇 著

出 品 人	鲍观明	
责任编辑	刘　韵	
封面设计	王妤驰	
责任校对	何小玲	
责任印制	包建辉	
出版发行	浙江工商大学出版社	

(杭州市教工路 198 号　邮政编码 310012)

(E-mail：zjgsupress@163.com)

(网址：http://www.zjgsupress.com)

电话：0571-88904980, 88831806(传真)

排　　版	杭州朝曦图文设计有限公司	
印　　刷	杭州五象印务有限公司	
开　　本	710mm×1000mm　1/16	
印　　张	11	
字　　数	206 千	
版 印 次	2014 年 9 月第 1 版　2014 年 9 月第 1 次印刷	
书　　号	ISBN 978-7-5178-0616-5	
定　　价	39.80 元	

前 言

微博世界与人文之花

作为一名教授和一所大学的主要领导，持续几年开微博，何为？这得从教育说起。

教育事业是关于人的灵魂的事业；教育要让人性趋于更完善，使人格趋于更完美，进而使人生更富有价值与意义；真正的教育是让每个人成为自己，使人成其为人，而不是"器具"。这是教育观念上的"以人为本"，是教育的人性化价值取向。

大学不只是储存知识的仓库，而且是人类精神文明的摇篮；大学教师的教育不只是用一桶水灌满一碗水，更是点燃学生探索真理和寻找生命意义的激情之火；大学不是停留于培养实用的专门人才，而应培养人格完满的"人"；大学教育要引导人性渐趋完善，提升精神境界，点燃灵魂之火。这是大学精神之精髓所在，也是大学教育工作者的神圣使命。

网络时代，教育的概念、教师的存在不仅仅限于有形的校园与课堂，而是延伸到了网络空间。虚拟的微博世界，是一个充满自由的开放空间，各人都有发表自己思想言论的自由，也因此，它又是年轻人精神与心灵成长的空间。作为大学的教育工作者，我希望它也是培养大学生人文素养的园地。网络世界应该少一些情绪宣泄的暗淡，多一些人性滋养的鲜亮。

有同学问：人文素养何用？人文素养通常不是一加一等于二的知识与技能，而是其背后的精神与灵魂；它会让你更加懂得生活的意义，促你思考和追寻你所做的具体事务背后的价值，使你成为更有自我意识、自我反省能力的人。正如哈佛前校长福斯特说的，"这样的人有足够的能力去掌控自己的人生或未来"。人文素养是软实力，从长远的角度看，它又是人生跋涉的原动力。对每一个人来说，其人文素养与社会竞争力相辅相成而非相反。

　　在微博世界里，任何人都不应该强迫别人非得以某个人、某类人的立场发言，这是与现实世界一样的人与人之间的相互尊重。而我，则侧重于人文，比较多地谈生命与人性、生活与意味、物质与灵魂、教育与社会，甚至花鸟与走兽……这是我的兴趣，也是我的自由，更是我对青年人的一种期待。

　　愿微博世界里更多一些人性的美好，愿人文之花在微博世界里开放得更加温馨而灿烂！

蒋承勇

二〇一四年一月二十二日

目 录 CONTENTS

看图说话

#鸟语花香#
#即景抒怀#

part one

　　光影流年，安稳岁月，一剪一剪地，被妥妥帖帖地安放在一幅幅图画里。而生花妙笔，一笔一笔地勾勒出了两三生趣，道出了人生滋味。

　　【看图说话】这章分为两节。第一节#鸟语花香#，明媚温暖的文字细绘出这些那些的鸟哢莺啭和花谢花开。第二节#即景抒怀#，有缘遇见旧屋窄巷等的一景又一景，直抒出了沉积在心胸中的诗书情怀。图文相衬，画说人生，明晓哲思，品人间静好。

【编者语】

花的喧闹，鸟的沉静，透出的都是自然的生机。身处喧闹或远离尘嚣，只要是生命的自然舒展，便是一种自由、一份美丽。

@958：这是一种自然而然流露的令人仰慕的生命本质：若行云流水般舒展自然。生命是盛开的花朵，它绽放得美丽、舒展、绚丽多姿。生命是沉静的鸟儿，静候于喧闹，回归于真实。生命的喧闹与沉静融于自然，舒展着整个人生的画面，充实和谐的韵味。

@蒋承勇：鹊未惊，鸟未醒，一梦春花如云烟。

02

一湖寒水映枯影，万枝残荷留芳韵。谁言叶颓风华尽，却有余香随流云。（摄影：富春一凡）

@我爱鸡肉：断桥残荷，萧瑟枯叶。鸟儿在交错枯枝处沉思，亦像是在南普陀荷塘悟点什么禅意！

@识才者一善用也：天空密云朵朵显湖中，一片孤寒湖影枯荷残叶不倒。

@小易：横着看有些许大雁，竖着看有些许残荷。

@庸言：曾在大明湖赏残荷，水平如镜，构图唯美，或有寒鸭戏水，不忍离去！诗文余香流云，意境甚美！

@蒋承勇：形残韵依然，高天闻余香。

@水滴咖啡：寒江晓色残，落暮枯影清，瑟瑟冬晓屏，隐隐云系风。

03

"夏天的飞鸟，飞到我的窗前唱歌，又飞去了／秋天的黄叶，它们没有什么可唱，只叹息一声，飞落在那里。"（泰戈尔）夏天走了，秋天也将走了。"飞去"的鸟儿和"飞落"的黄叶透析生命的轻灵、清丽与自然。伴随着瓜熟蒂落的圆满，叶子也欣然飘落，平静而从容。落叶与果实一样是美的。

@海莫醒：秋之落叶的静美，有几人能懂背后的从容？我们只欣赏着春花的娇艳、夏花的绚烂，又有几人能看到绽放前的辛劳？自然之中，万物的存在皆是美好，用心去领悟，人生也是美好。

@张建平：飘落的黄叶透析生命的轻灵、清丽与自然。丰盈流溢的秋意，好似一首用人生阅历来读的诗，金黄的树叶被秋风吹落，又好似舞女在山冈上绽放的舞姿。秋恋，在收割一空的田野，那是大地袒露的赤诚。秋恋，在石缝中死去的秋虫，那是生命的赞歌。

04

在它们的世界里，如果也存在着感情，那么，时间也许永远不会改变这种感情的色彩，就像它们身上的羽毛，永不褪色。

@水滴咖啡：只要心里安静、灿烂，眼中的世界也洒满了阳光。内心充满着感情，才能品到鸟儿相依的呢喃、花儿的芬芳。

@丁凯：其实动物都有感情，我觉得比人的世界还要更加地单纯。

@蒋承勇：要认识到许多动物是有感情的，所以人类要倡导动物伦理。

@哲人世家：鸟类与人类一样都必然有感情，而且有很多鸟类的感情可能比人类的感情更纯洁、更真切。

@蒋承勇：鸟类的情感也许有单纯、真切的一面，但人类情感的丰富性、深刻性甚至复杂性毕竟非鸟类堪比。

05

全神贯注！鸟儿的全神贯注，摄影师的全神贯注，画面外还有一个摄影师的全神贯注，共同创造了这幅诠释"全神贯注"的美图。你觉得鸟儿全神贯注所表现的敬业精神，是否胜于摄影师呢？水里的鱼是这么说的："哼！目中无人，只有鱼！"

@hongyan：鸟，目中无人，只有鱼；画中人，目中无人，只有鸟，没有鱼；画外人，目中有人又有鸟，没有鱼；最高明，河中鱼，深潜水底自逍遥，管它东西南北中。

@阮璐：不知者无畏！但即便它知道了，应该也是无悔的，因为它坦率地去追求了它所向往的、认定的——那些在画面之外的我们看不到的美好~

@杨巧萍：专注着是幸福的。

06

夜静花静心静。"心静以为天下正"，"人能常清静，天地悉皆归"，"静中求真"。静者，非不思进取、消极避世，乃于喧嚣繁杂中静心安神反思人生追求之价值，倾听自我心灵之真实呼唤，进而追寻更有价值与意义之生活，更有效地处置日常之纷繁事务。心有净静则生慧。

@上官青云：静者，才能成事。在熙熙攘攘、争先恐后的人群里何处有静？在喋喋不休、争名夺利的职场里何处有静？连小桥流水的千年古镇都充斥着各色人等的脚步声……人们都在热热闹闹的环境里寂寞着、烦恼着，不知该向何处去，只能被这人流一起带走……

@renkaixian：心静何人能做到，世俗的烦扰，总令人心不得安宁。

@闻弦知雅：人静而后安，安而能后定，定而能后慧，慧而能后悟，悟而能后得。

　　两只翠鸟在相互表达着什么呢？色彩美丽动人，但刹那间的情感交流或默契更美丽动人。鲜艳的色彩映衬着娇小、鲜活生命的灵性与情感。瞬间的生命的美丽被定格为永恒，就成了韵味无穷的摄影艺术。（摄影：储伏龙）

@蔡永林：翠鸟晨觅梅枝双，相依爱慕比花芳。偶劳偶愿梅微笑，暮临归巢挽余香。

@景致边缘：相喂以鱼，相暖以羽，相濡以沫，相忘江湖，都是爱，表达不同罢了。

@一枕清霜：╬微诗接力╬卿卿我我惜春日，鸟语花香意迟迟；绚羽霓裳纷飞舞，惹来艳羡恩爱执。

08

　　春天里，你是否迷失了自己？任何生命的生存与成长，经历了凛冽风雪之洗礼，更显其存活力之坚韧，生命之花也因此而美丽。

@上德若谷：冬天是宁静与收藏的季节，内心思静，厮守患难易；春天是萌发与悸动的季节，矛盾显现，易分手。季节与环境，这只是外因，关键还是人本身，有一方看重自己的责任。

@如一：╬面对生命╬其实应该说：冬天里，你是否迷失了自己？因为按照博主的下文意思，容易迷失的是冬季，冬季的风雪容易使人委靡，只有那生命力强大者，只有那些不断突破自己成长的人，才能经冬而愈发强健。末尾就可以是"你是否也因此从冬天走到春天"。

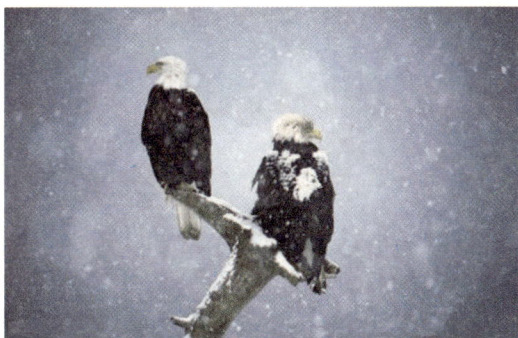

　　向着阳光，朝着蓝天；恋着大地，爱着土壤。微风中的摇曳，轻盈如絮，似柔还刚。飘洒的是种子，飞扬的是乐观；孕育的是新生，收获的是希望。悠悠蒲公英，生命中的母亲，美丽的顽强。

@叶落：母爱是我们生命中永远的晴空。
@蒋承勇："爸爸妈妈给我一把小伞，让我在广阔的天地里飞翔……"献给所有默默而平凡的母亲！
@张永升：那份质朴和向上，有一种美丽叫顽强。
@精灵梵雅：无论漂泊到何方，家永远是我眺望的方向，那里有我牵挂的爸爸妈妈。

　　风冷芦花飞，萧瑟夕阳垂。燕子呢喃时，应是彩云归。

@刘永明：芦花飞挥舞，留住夕阳红。日心泛金黄，天色佩玉龙。
@周秀云：夕阳红遮羞，低低眼传媚，芦花轻轻和，飘飘舞心扉。
@蒋承勇：燕子归时春满楼！
@一枕清霜：彩云渺渺归，苇花似翡翠；斜阳万般羞，遮瑕心无悔。

　　烟花绽放，把生命的绚丽写在浩渺的夜空。夜空的黑暗成就烟花的璀璨，夜空是烟花生命的天堂。夜空接纳烟花，证明着自己的存在和价值，烟花是夜空生命的曙光。任何生命的存在和价值都有赖于他者的相依相伴；相辅可相成，相反亦可相成。你若是烟花，谁是你的夜空？你若是夜空，谁是你的烟花？

@ 胡坚：说不清的烟火，从文学上说是美丽，从民俗上说是年味，从生态上说是污染，从消防上说是隐患。

@ 安然：烟花的美丽只有懂她的天空知道，天空的寂寞只有烟花能点缀！相遇纵然短暂也是一种永恒的美好。

12

　　与其让现实来选择你，不如你主动去面对现实；与其让环境来改造你，不如在适应环境的同时努力改造环境；与其等待命运来敲你的门，不如主动去敲命运之门。生命之花总是因你的主动而绽放得更加灿烂和美丽！

@ 林裕坤：选择自己要的生活，后之全力以赴为理想奋斗向前，坚毅与决心最重要！有志者事竟成，破釜沉舟，百二秦关终属楚；苦心人天不负，卧薪尝胆，三千越甲可吞吴。

@ 冰山雪莲：在辉煌中让生命如花灿烂。

　　春去春又来，花落花又开，蓦然回首，还是当年那欢快又宁静的油菜花田，还有那年少的澄澈的眼睛……

@菜园邵：叹年华一瞬，人今千里，梦沉书远。

@一休哥：春天里的故事……道不尽的怀念。

@徐瑜：以校为背景，花亦主题。耐人寻味，耐人追忆。

@俞秋紫：年年岁岁花相似，岁岁年年人不同。

@hjb0013：想起欧阳修的名句：今年花胜去年红。可惜明年花更好，知与谁同？

14

　　午间观图随感：岁月给她热烈而火红的夏日，她却报之以静静的透着粉白的翠绿。静寂而坦然，淡漠而从容。谁能说这只是一种植物的存在状态而不是人所向往的境界？是什么花无关紧要，就像是什么人无关紧要，反正，静静的和淡淡的，其实都很难！

@群群：是的，安静最好！安静，是一种美丽，是一种修养，更是一种底蕴，是源自心灵深处的蛊惑，有着不能言语的魅力。安静地走路，安静地欣赏，安静地歌唱，安静地相伴……远离尘世的喧嚣，避开嘈杂的人海，静听鸟语花香，漫赏云卷云舒，才是最享受的生活。

@蒋承勇："难"但并非不可及。一种境界总需要自我的修养和积淀，方可在慢慢地领悟中接近。

@蒋承勇：静静的和淡淡的，其实很难。恰因其难，而心向往之，不也是心灵的一种净化？

15

叶青青，相依何田田；花静静，相望更绵绵。一水牵牵，两心连连，相悦岁岁年年……

@千百度：水清清，叶圆圆，花艳艳，思甜甜。泥渐渐，沉甸甸，心美美，藕连连。

@邢小燕：叶圆圆，影浅浅。花恬恬，水喃喃。一池闲，一池娴，相依相缠。昨日深深眠，明朝静静嫣。睡意沉，梦中莲。

@启明星：好多人都是最初非常正直善良，在社会大染缸里走着走着就不知道拐哪去了，变得自己不认识自己了，做到出淤泥而不染的绝对是品性高洁的精神贵族。

@行胜于言：自然造化两厢间，冲出污泥身不染。人生顿顿有固步，春夏秋冬几轮回。

16

断墙，野花，蓝天……历史在残垣凝固，生命于枝头流芳。

@广厦寒士：风流总被雨打风吹去。虽说生命还在残垣中沉默坚强，但那也只不过是一种催人泪下的凄美。

@胡坚：历史的凝固，总在残缺之中。历史的记忆，总不是完整的。

@李永红：天的湛蓝象征正义理想，墙的土黄代表生命倔强。天地间的野花，就是一个人的形象。

@蔡茗蕙：斑驳老屋、荒野断墙，皱纹刻画了岁月，思想积蓄了能量，野花依旧芬芳，暮色中透露出沉甸甸的光芒。

@蒋承勇：古旧与萧瑟中绵延的生生不息。

@舞漫沙：墙头小花惹人怜，笑面迎风舞蹁跹。

17

仲夏，清晨，苏醒的静谧；阳光，绿叶，沉睡的喧闹。雕栏如旧，景致犹新，点点小鸟似醉。

@跨月骑日：几抹阳光，透过小窗。两只小鸟，嬉闹共享。动人歌声，空中飘荡。绿树青翠，飞鸟翱翔。流水潺潺，大地飘香。观此景色，身心荡漾。祖国山河，万年永昌。

@邢小燕：一窗幽幽意，两影对对趣。十分翠翠风，千叶盈盈玉。

@毛子-mz-586：《醉东风·庭早》：晨曦醒了，又把庭院照。一对翠鸟天作好，满园青枝不老。疏影芊芊薄纱罩，轩窗默默鸟含笑。

18

天堂花开花如梦，人间草长草常青。

@安：花开一树树无尽，美景如梦梦中醉。
@吴地：碧海潮生潮如曲，庭院花飞花满园。
@尚贞涛：绿树痴痴惹人眼，红花簇簇捕我心。
@梅花剑客：满树丹霞映天红，一路流芳慕蝶飞。婉转《梁祝》歌未尽，巧遇村娥伴汝归……
@因风而舞：满目飞霞，烂漫处，疑是故人来……

19

胡杨树的力与美：曾立大漠笑风尘，化作残骸犹坚韧。

@ 栀子花开：胡杨精神——生而千年不死，死
而千年不倒，倒而千年不腐。
@ 王郁松：生如胡杨立大漠，死如胡杨硬
脊梁。
@ 鲁福贵：生不死，死不倒，倒不朽。
@ 叶松：傲视流沙展悲壮，千年不朽铸灵魂。
@ 柏拉图的海：像极一个两手撑地，奋力崛
起的巨人。

20

秋来清凉入帘扉，满树金黄满树翠。斜阳暗香飘悠远，微风落英逐流水。

@ 一枕清霜：翠影盖红楼，枝叶万般
柔；携雨不归家，谁为相思愁？
@ 万里鹏：深秋已至雁南翔，凉风入
袖丰收忙。斜阳暮里观山河，七彩云
霞换戎装。
@ 大天尊：独拥瑞色图日阔，踏尽浮
彤入丛醇。秋幄故听虢国语，桂花香
雨溢乾坤。
@ 招生富：莫惜西风又起来，犹能婀
娜傍池台。不辞暂被霜寒挫，舞袖招
香即却回。

花饮露，日曈曈，疑似月朦胧。日乃夜之花，月乃日之梦。看此番光景，何必说日出月落、日落月出，只当日月共凌空。

@滢滢：露依花，羞涩涩，恰如雁落落。露乃花之灵，花乃露之魂，瞧此露水有意浓，又何必问露尽花谢，最胜一相逢！还似去年今日意，便却沧海事。

@蒋承勇：日与月、日与夜未必就是交替呈现的两种自然形态，在审美心理中，"淡妆浓抹总相宜"，都是如梦似花的美的意境，是可以共时显现的美的理想。尤其是在晨曦微吐月华浸露的临界点时，那种朦胧美蕴含日月精华，宇宙浩渺，其味隽永。

22

凉了秋风，醒了夜花。踏着晨露，迎来朝霞。

@知秋：退去阴霾，满目秋华，中秋月圆，祝福万家……

@璀璨光明：与其讨好别人，不如武装自己；与其逃避现实，不如笑对人生；与其听风听雨，不如昂首出击！

@程远：秋风轻揽翠色长，一枝霜花染秋寒。晨露莹动伴清绿，朝霞晖洒抚寒香。

@启明星：好美的诗句，心静心净才能品出，寻找最美儿时记忆，把丢失了的情怀再找回来。

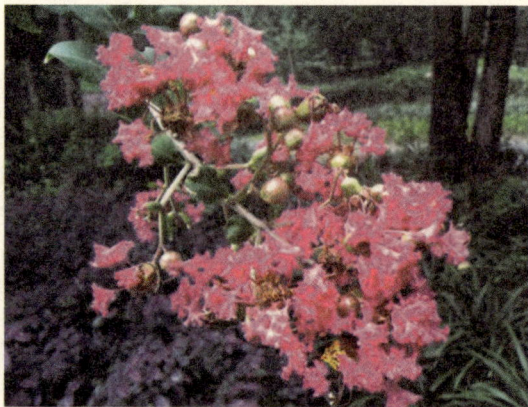

23

　　火红的深秋，是一年的第二个初夏。每一片叶子，就是一朵盛开的鲜花。

@柏拉图的海：只要有激情和梦想，每一片叶子都能够涅槃成花。

@黑板报：沿着岁月一路走来，阅尽万紫千红，且行且珍惜。

@刘贵波：听枫夜人语，一曲到天明。执手两相看，踽踽又独行！

@毛传奉：滴水太极，生命新机。花间世界，叶中纹理。红黄热情，黑白变易。凤凰涅槃，浴火洗礼。

@蔡茗蕙：深秋，枫叶红如彤云，落叶飘零。且丹且怨，消散了思念，且行且珍惜。

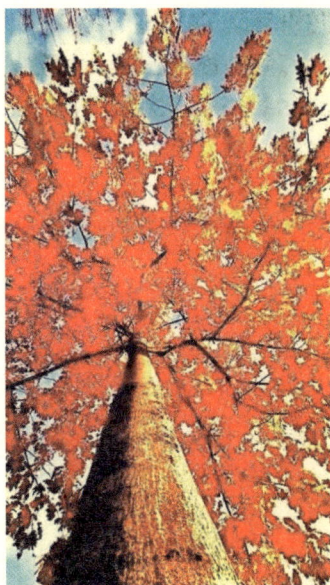

24

　　又逢八月桂花肥，香浓无声叩心扉。惯于深秋饮冷露，无意阳春竞芳菲。

@大漠孤烟：红肥绿瘦俏佳丽，香羞四溢半掩扉。不为秋风动花容，只为知音竞芳菲。

@屠梦：庭前桂花碎碎香，露冷枝头枉腻腻。欣然点头结金兰，誓为八月抹萧瑟。

@灵云岁月：花香暗袭人，无语也风流；八月独占魁，玉菡容娇羞。

@老驴：厅前桂花旧日香，空留庭院自品尝，登高归来凝神看，依稀当年阿妈栽。

@雪子：金桂满枝别样浓，笑脸半隐绿叶中。香飘万里胜幽兰，浓香四溢随着风。

才是庭前春草绿，又见池边秋叶红。都说少华来复多，谁知白发对镜空。

@沙民：谁言白发对镜空，曾经沧桑且从容；红叶如血心似火，管它春夏与秋冬。

@景致边缘：一行秋雁到天边，半帘暮霭染霜山。岁月最是丹青手，总把绿叶换红颜。

@范金荣：红叶知晚秋，夕阳懂落寂。要知白发镜，庭前叹绝裙。

@田夫一丁：光阴荏苒春草绿，秋水侧畔秋叶红；夕阳带潮晚来急，英姿华发莫悲空。

01

　　因为记忆，昨天和今天如影随形。回忆可能是美好的也可能是痛苦的，但回忆只是生活的影子，而影子永远只代表昨天，今天的拥有才是最鲜活而珍贵的。要善于发现并珍惜今天拥有的美好，生活在当下，奋发在当下，创造在当下。

@平平安安：昨日，绚丽七彩，只是杯中影。今日，杯中淡水，细品味自来。明日，光影绮梦，心静莲花现。人生，水本无色，有皆心所思。

@楼新江：正因为总是在憧憬明天的美好，所以执着地认为昨日的简单平淡和今日的复杂错乱乃人生中化蛹为蝶的一必经过程。

@刘蕊：把影子留给昨天，亮丽辉煌总在眼前！

02

　　秋季，饱满而成熟，得益于春播的适时、夏锄的辛勤、冬藏的精心，将迎来又一个充满生机的春季。生命的接力，哪一季都不可或缺，哪一季都有自己的美丽。感悟、欣赏、珍惜每一季，然后找到那里的我们自己。

@刘秀峰：自古逢秋悲寂寥，我言秋日胜春朝。每个人心里，眼里都有一个属于自己的四季。

@陈忠来：世界因丰富而精彩，生活因四季而丰富，人生因缺憾而饱满。

@棉花糖：涵洞两边的树又变得多彩多姿了，美得让人眼睛都不愿拔出来，我真心地欣赏喜爱这些树，总希望自己的秋天也如他一样丰盈、饱满而自信。

@小兔欢欢：每个季节都有自己的美丽，喜欢秋季的一地金黄，更喜饱满而成熟的果实！

　　钱锺书先生的《围城》告诉人们一个道理："围城里的人想逃出来，城外的人想冲进去。"人性中有某些弱点，总是对自己的现状不满，这山望着那山高，使许多美好的东西得而复失，或失之交臂。这图片之宁静，人向往之，可真正身处其境时，是否很快感到闭塞与孤独。这是否也是一种"围城"心理？

@廖伟：最好是，想进去便进去，想出来便出来，来去自由，便无遗憾。

@吕丹：短暂的宁静让人向往，长久的安静让人不安。围城，无处不在。

@雪：这是心灵的围城。先哲们有言："外在的敌人纵然强大，但最大的敌人莫过于自己。要征服世界，首先就必须征服自己。"

@蒋承勇："心圆满，世界圆满。"

04

　　在波浪里翻滚磨打出来的山间岩石，去其脆角，留其硬核，成天然之形。磨打、雕琢显石之质地。生活如河流，浪里磨石淘沙。

@冯一秦：俗话说，眼子硬如铁，光棍软如棉，二选一的话，真希望是"不同的人生阶段"，虽曾执念过重，毕竟在成长成熟。如是"不同的人生追求"，钻石可谓"强极"，强极见辱，纵浑身是铁能捻几根钉？莫若温润如玉，鹅卵石也挺好的。

@云水禅心：不是水的载歌载舞，乃是槌的打击，使鹅卵石碎成土块。

@蒋承勇：圆而不滑，坚而不脆。

@仁海：国人讲外圆内方，我的浅见：方是心中蕴蓄一股浩然之气，存有一颗恻隐之心。圆则不好做实，须在道德践履中锤炼。

　　这老照片里的生存方式，穿透了几千年历史，也是我们的昨天乃至今天。传统农耕文化里有优秀文化基因，也有思维的闭锁与褊狭等。古老民族在焕发生机又利欲涌动、不无浮躁的今天，这老照片让人既感亲切又莫名地沉重。如何拂去历史尘垢，在继承、创新、汲取外来精华中重构民族文化精神的新自我？

@冰封红尘：个体是文化精神的承载者与表达者。五彩缤纷！我们每个人的骨髓里都沉淀着传统文化基因，精华或者糟粕。因此，民族的文化自觉离不开个体的自觉，文化中国的当代使命也应当是每个人的使命，文化的创新和改变也同时创造着新的生命、新的自我。

@柏拉图的海：荡涤浊气，吐故纳新，重构民族文化精神的新自我。

06 ··

　　这图中的农具有称"风车"的，农民把晾晒后的谷子倒入风车大斗，右手摇动鼓风手柄，饱满的谷子被风"过滤"后纷纷落进箩筐，而干瘪空壳的秕谷则悉数被风吹走。简单的农具和农活告诉人们：腹中空洞无物者随风而去，成熟饱满者颗颗入仓。记得小时候大人说：要成为谷子，不要成为秕谷。

@哲人世家：不但要成为谷子，更要成为种子。只有种子才可能产生更多的价值。

@兰草：风车转动着丰收后的喜悦，转动着逝去的年轮。

@叶政权：观"请勿触摸"四字有感，历史的进步、技术的更新注定了很多东西会退出历史舞台，风车、独轮车、豆腐石磨、蓑衣……这是谁也阻止不了的，但是为什么我们的内心依稀包含着几分不舍？我们的下一代是否还能触摸到历史的传承呢？

　　春节，天然地与村落结缘；村落，天然地与民族文化结缘。春节、村落，让漂游在外的游子情思难断，魂牵梦绕……村落是许多人生命的起点与摇篮，又何尝不是民族文化——精神——心理的本源与摇篮？春节的魅力不也正与这生命之源，与文化精神息息相关？

@沧海月明：失落的不仅是村落，还有曾经的文明……

@Tagore：故乡。这里的山山水水萌生了你的生命，这里的风花雪月是你生命航程中永远的背景，这里淳朴的乡音是弹奏于你耳膜与心田间的最醇厚的乐章，这里的气温总是如母亲的体温一般是你从不需要适应的温存……这些已经成了人到中年之后我们梦境中惯常出现的内容，成为疲乏时受挫之后放牧心灵的地方。

@傅祖浩："三农"问题解决好，有利于经济社会发展，有利于社会和谐安全稳定。

08

　　不再有当年的小桥、流水、人家，变换了曾经的古道、绿树、黑瓦。岁月带走了往昔的喧嚣与宁静，却留下一样清朗的天空。匆匆前行又默默回望，增一分智慧，增一分淡然，也增一分继续前行的自信与坚定。

@柏拉图的海：人生如镜，总是反射着过去的荣光与忧伤，物换星移中洗涤了多少灵魂？成就了多少当下？

@love-durian：奔腾前行的历史车轮，扬起了微尘，落下了气息，文化就在气息里不灭。再卑微的人，也在这尘与息里，想想，生命，真是幸运啊！

　　酒酒酒，酒悠久，数千年文化何处有？说酒是水，点点滴滴味醇厚；说酒是物，化作精神向天吼。亲人朋友喜相逢，举杯忘却苦与愁；他乡故知偶聚首，一壶同消烦与忧。苦心的酒伤心的酒开心的酒喜心的酒……对酒而诉对酒而歌，一江春水向东流……

@兰草："酒逢知己千杯少，话不投机半句多。"多少豪迈在酒中，多少愁事在杯中！

@希西公主：酒里乾坤大，壶中日月长。

@默存：世上什么酒都可以喝，唯独两种酒不能喝：乱人心志的花酒、自作自受的苦酒。

10

　　华灯初上，渔舟唱晚。归去来兮，笑望斜阳。

@大小姐：想起了一句话：夫唱妇随！

@丽水市发改委：两只小鸭，轻步黄昏，闲看斜阳。

@叶落：后边那只有点沮丧，吵架了吧！

@净灵：‖黑板报‖"美丽源"好可爱的两只小东西。

11

城墙之外，天蓝蓝，海蓝蓝……严格地讲，再坚固的城墙也无法最终抵御有形的强敌，而心灵无形的残垣可以经久地禁锢鲜活的观念与思想。拆除心灵无形的残垣要比拆除有形的城墙艰难得多。观念与思想的落后往往是最强大的敌人。

@工商党建：用知识充实自己也许我们可以慢慢地站到城墙上，那样，视野便宽广了。

@许愿：最难逾越的是人的心灵，最难解放的是人的思想。

@舒先生：《西江月》同享清风明月，共分雨露阳光。云霞朵朵任飞扬，飘在万家天上。小鸟南来北往，鱼儿越界穿疆。人容万物息争强，朗朗乾坤欢畅。

@保密：用好的知识、真实的知识、先进的知识、符合世界主流的知识与价值观才能使视野更宽，不是吗？

12

多少人曾在这样的路上玩耍、嬉戏，然后从这里走向远方？多少人曾在这样封闭的灰屋里仰望天空，放飞梦想？多少人曾在遥远的他乡异地，魂牵梦绕着记忆中的古街老房？梦一般的记忆，总是那么扑朔迷离，总有掺杂了忧伤的美丽……

@常山周玲琳：悠长的小巷，细雨记下了如歌的行板；古老的青砖，苔藓印下了淡淡的沧桑。

@汤梅子：土坯土屋土院墙，童心童趣童梦想。渐行渐远渐消亡，回首回目回味长。

@张琼梁：曾经……外面的世界很精彩。

@黄继满：巷子长满了荒草，但依稀听得见童年的嬉笑。时光消逝，童年远去，小巷也老；但愿它在城市化的喧闹中有一个宁静、长寿的晚年！

13

　　光与影的辩证法。光与影相随，有光源就会有阴影；愈强的光源会有愈深的阴影，愈深的阴影衬托出愈强的光源。然而，只看到阴影的人，可能会与阴影一起沉落；只看到光源的人，则可能被光热灼焦。做任何事，过犹不及。

@谷选选：其实每个人都是一样的，有优点也有缺点，如果只看到自己的优点看不到缺点，那这个人注定无所改进，永远原地踏步不前。

@蔡茗蕙：凡事皆有度，讲究平衡，过犹不及。

@黄继满：相辅相成，互为因果，物极必反，循环往复！

@宓伶：光影相随，就如同：物有阴阳，日有昼夜，人有生死，山有高低，水有缓急，事有兴衰等。要做到恰如其分，就需要做到有度、适当、平衡、中庸、不偏不倚……站在阴影里，我会不懈追寻太阳的方向；站在烈日中，我会竭力探寻绿洲的存在。世界博大，适者生存；心胸宽广，立于永世。

14

　　风雪吹红了脸颊，严寒点燃了心烛。冰封的土地，萌动着无限的生机。跋涉而不止步，远方不尽是孤独之途……

@精灵梵雅：希望打败肆虐的风雪，远方终有幸福的天堂。

@尚贞涛：坚定的眼神，眺望着远方，没有落寞只有希望。走，纵使是世界的尽头……

@zangyanpu：冲破严寒的，唯有坚持……

周末演唱会之一景："滚滚长江东逝水，浪花淘尽英雄……白发渔樵江渚上，惯看秋月春风。一壶浊酒喜相逢，古今多少事，都付笑谈中。"

@王效宏：是啊。古今多少事，都化作云烟散尽。想到这一层，什么想不开的都能想开了。
@叶落：这只狗狗还真唱了。
@zangyanpu：歌手这形象，有点瘆人。
@蒋承勇：人家正唱得投入。

16 ────────────────────────────────────

晚风轻拂绿色梦，白云飘落是毡房。琴曲悠扬笛声脆，苍茫大地我家园。

@叶落：茫茫碧野风盈香，悠悠暮云探毡房。青烟缈缈渐隐去，声声脆笛绿梦扬。
@灵海—家耀：天苍苍，野茫茫，风起云涌走四方。边疆美，大漠壮，一路豪歌写华章。
@果然一颗：天似穹，团云聚兮，浩然碧波扬鞭起。
@公孙玖：茫茫草原玉毡房，草美花香佳人靓。滚滚白云蓝天上，捎带情思赴远方。

17

　　不张扬是一种做人的姿态或境界，是一种从容而默默的执着，与积极进取并不矛盾。"腹有诗书气自华。"朴实无华的默默隐含的是智慧之优雅，如淡似朴的从容蕴敛的是心灵之明彻。不张扬应是心气宁静、充实、平和而生的自然而然之精神风骨。刻意为之则伪，自然而成则真。

@绿染：从容入山，可见烟云秀色；淡定涉水，可知空潭泻春；闲庭观天，可明大化明衍；信步立地，可积万象游心。

@阮璐：亦是"非淡泊无以明志"之道。淡泊不是沉寂了、泯然了，而是更坚定心中的理想，要用温和中正的方式来达到。这是最真的和最深的情怀……

18

　　潮起卷银练，浪涌叠金山。古今楼台月，岁岁历沧桑。

@zangyanpu：似万马奔腾在天空，又恰如金鼓齐鸣在耳边。唯浪涛滚滚海上来，见一线穿破万重山。

@风雨江南雪：飞檐号角扬，一线江潮狂。彪悍震南北，威力不可挡。越过堤岸防，浪推涌千丈。雷鸣响四方，传奇出钱江。

@陈大为：浪淘沙——烽火狼烟起，上阵抵千军。剑指倭蛮夷，声势撼日月。

@金唐：自然出奇观，一浪高千丈，谁能扞宙球。人类叹不如。

@万里鹏：无风翻白浪，接天连涌波。今古无奇事，尽在钱塘潮。

19

解危难于倒悬！自我牺牲并非人类独有，其他哺乳动物和鸟类也有。但只有人类拥有善恶选择的理性意识，所以良心属于人类，罪恶也属于人类。良心的一大特征是对罪恶的谴责与反抗，并永远引导人性向善、趋善、爱己及人。罪恶让我们不安和恐惧，良心给我们慰藉和希望。要相信人性的大方向：向善、向上！

@曾波：现在这种时候，我们期待的是危机中的生命早早得到帮助并脱险：解危难于倒悬！一切的检讨还是稍后吧。让我们伸出援助之手，哪怕仅仅是道义上的！

@蒋承勇：救援者，献血者，所有向危难中的人伸出援助之手的感人情景，让我们有足够的理由相信：人性向上、向善！

20

古村落的自然状态，现代人的遥远梦忆。风侵雨袭，斑驳依稀，是历史的投影，文明的陈迹……

@好笑：别梦依稀斑驳泪，青苔爬满老墙裙。宋清繁华今何在，一塘秋水照古村。
@关山月：洗尽繁华见沧桑，风雨百年渊源长，一卷古风遗当世，小桥流水老祠堂。
@晴天娃娃：林花谢了春红，太匆匆，无奈朝来寒雨晚来风。胭脂泪，留人醉，几时重，自是人生长恨水长东。
@董丰：古村落，是我们遥远的"根"，那股气韵，即便是灰头土脸、满脸皱纹，依

然掩不住骨子里的气派、高雅。不像现在城市的"阔"，怎么粉饰显摆，总是透出些"俗"气来。古村落是现代人的精神家园，当好好保护。

21

再澎湃的潮涌，也有消退的时候；再美丽的花朵，也有凋谢的时候；再辉煌的人生，也有黯淡的时候……唯见那细雨斜阳，清风明月……

@万里鹏：风轻雨掩，渲染几许微凉；遥望雏菊，独奏一世咛叮；浅澈眸光，透过了几度春秋？斜阳衰草，一曲浅唱，曲曲柔肠……烟雨，轻念，烛光，悲欢离合，思絮凌空；流年迷离，谁的浮华散落了谁的衣襟？弹指岁月，倾城烟灭；玲珑容颜，泛起了粼光湖面跳跃着的曾经。

@沙民：细雨斜阳，清风明月，耳遇之则为声，目触及而为色，有心者共享！

@净灵：有起有落，唯见平常！

22

时间的河流，漂送生命的花瓣，化作天际的彩云；岁月的轻风，吹拂灵魂的清韵，温润寂寥的星空。来者如斯，不舍昼夜；地不老，天不荒。

@兔子：地不老，天不荒，师馨依旧。教师节在夜晚灯火璀璨的衬托下更加安静和闪亮，祝愿老师节日快乐，万事如意！

@屠梦：漂流的灵魂爱找水源，短暂的邂逅踏浪而去，和土地的接触吸入更多尘土于是更爱泥土，山的倒影里已不见那位歌者，溅起的浪花是当初许下的诺言，呼唤的声音昭示还是要到那里去，每个灵魂的深处都有座美丽源，从田野里经过越来越干净。

@叶落时节：地不会老，天不会荒，无须对生活太用力，心会带着我们去该去的地方。

寻找的幸福与体悟的幸福。若干年前，以为考上好高中是幸福；若干年前，以为考上好大学是幸福；若干年前，以为找到一份好工作是幸福；若干年前，以为拥有一套满意的房子是幸福……到如今，这些幸福似乎有过似乎依然没有？幸福在哪里？其实，回首望也好朝前看亦罢，幸福就在走向幸福的路上！

@李宏伟：幸福，在路上！它有大有小，有多有少，有长有短，有深有浅，对幸福的体验与个人的感觉宽度和心灵深度有关。幸福是不可再生资源，它不在终点站，一直在路的两旁，等待着有心人发现。一个对生活充满渴望、容易满足、乐于帮助他人并分享快乐、经常保持微笑的人是有心的。

@飘：得到的、已经拥有的就是幸福！当你有了新的欲望时，便是痛苦的开始，追求欲望往往是艰辛的、痛苦的。

@蒋承勇：态度积极，你的生命里不会一无所有。

24

创业者的孤独与坚韧。真正的强者不惜与黑暗和孤独相伴，因为，光明常常在黑暗中找到，成功总在默默的执着中得来。

@土匪："真正的创业者内心都是孤独的，时刻面临着不被理解的痛苦。"真正的强者：前进中掺杂着痛苦，痛苦中学会坚韧，坚韧又使自己更强大。

@浙江工商大学：态度决定成败，无论情况好坏，都要抱着积极的态度，莫让沮丧取代热心。生命可以价值极高，也可以一无是处，随你怎么去选择。（吉格斯）

铁腕人物，生活中的瞬间，诠释人性的铁骨铮铮与温情脉脉。世界是多彩的，生活是多彩的，人生是多彩的，微博世界也是多彩的，因为人性是多彩的……

@叶落：人性的多彩即是简单真实，保有一颗童心吹拂出人生中最本真的呼吸！用自己的真正情感显露着内心生活的奥秘，用一种快乐方式拥抱着快乐的世界。

@蒋承勇：当我们看到了人性本身的多彩的时候，我们的胸怀是否会变得更宽广一些？

26

最亮的星星未必是最大的，因为她离我们很近。突破有限的视界，我们可以领略天空之辽阔、星光之无限。心灵，可能只放得下一颗最小的星星，也可能容纳满天的星斗乃至辽阔的天空。视野和胸怀决定一个人心灵的容量和分量。

@zangyanpu：其他的星星未必不闪亮，只是有的离我们近，有的离我们远。遥远的只能欣赏，靠近的才有缘分细细品味，但有满天的星星闪耀，便足以照亮整个天空。无论如何，闪烁迷人的星星，只能仰视，而且永远有不可及的距离。不要期望摘颗星星归自己。

@一枕清霜：浩海之星，点亮内心，一盏灯照亮自己，那颗星为迷茫者引路……

满山红叶似彩霞！春天，也许不仅仅属于绿色？其实，拥有这样的秋天，又何必对春日眷念？

@毕茗：枫叶如丹照水寒，流霞朵朵染山峦，斜阳晚风霓裳舞，残秋也善藏凄凉。

@张建平：秋韵冥冥秋季，似有一种豁然开朗的感觉，其真正的内涵在于它成熟的魅力。秋天的诗中漂浮着阵阵稻香；秋天的情感流溢着苦尽甘来的味道；秋天的生活蕴含着沉甸甸的永恒。

@俞晓光：枫叶飘落挥洒金秋的音符，绚丽的金色让诗意写满大地。尽管冷霜终将冰封这金色记忆，却如何阻绝绵绵不断的金色秋思。

@蔡蔡：似水年华年华似水，似秋叶落叶落似秋，如血枫叶枫叶如血，如歌人生人生如歌！

28

总想把别人推入地狱的人，自己的心灵多半有地狱般的阴暗；自己的心灵有天堂般阳光的人，总想把别人引向希望的天堂。用阳光交换阳光，让彼此心灵充满灿烂的阳光；用希望交换希望，让彼此心头高挂希望的彩虹！

@陈忠来：让阳光涵养人生，让生活充满希望，社会需要正能量。

@芒果鱼：彩虹是上帝和人类的许诺，我们的心布满阳光，就会去播撒爱意，只有爱让人间充满温情……

29

母爱的手很大，所以我们的生命才显得娇小。不管日后我们长成多大多高，记忆里那只手依然很大，虽然她已布满皱纹甚或创伤。

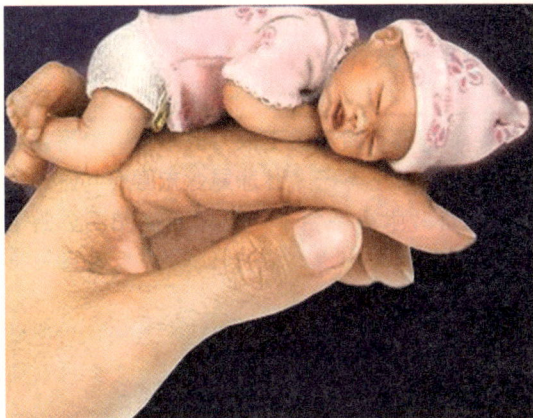

@翁青：实在搞不懂爱与时间的矛盾，但我明白，我时常去陪她，不让她孤独，现在。

@蒋承勇：母爱和父爱这双无形的手，永远抚慰着我们的心灵！

@浙农林大倪建均：母爱很伟大，她从不求回报；母爱很坚强，她从不轻言放弃！

30

仰望星空，是坚定的跋涉者一歇脚的眺望与沉思：感悟生命意义的幽深与脚下大地的崎岖。此刻的宁静让思想更丰富、心灵更充实、境界更高远，蕴蓄的是生命之激情与创造之潜能。因此，一歇脚的仰望有时比持续不断地前行更重要。

@明贵吴：寂静空瀚，我很喜欢的空间方式。思想在此间纯彻地升华，一个人有没有灵魂，要看他独处的思维。

@施波：一歇脚的仰望，注入无限飞奔的动力。提请同学们，别忘了埋头赶路时，该歇脚就歇脚，该仰望就仰望。一时的停顿并不意味停滞不前！

@方土富：且行且思，仰望是为了更好地出发！

31

　　躺倒的是躯体，屹立的是精神；干枯的是肉体，不朽的是灵魂。并不是什么存在都会随风而去，并不是任何生命都是时间的奴隶。

@iDance屠锋锋：人生如洪水猛兽，人生又如逆水行舟！

@沙民：时人不识凌云木，自守坚贞冲天高；一朝倒地卧霜雪，白骨森森精气豪！

@魏梦璐：充盈自己的精神世界，思考生命的价值存在。

@蒋承勇：自然中总有某些东西比人更有力量。人未必胜天。

@景致边缘：活着的不仅仅是身体，更是思想和精神！身体是受限的，灵魂却可超越。身体是暂时的，思想却可传承永生。身体可以平凡，品质必须卓越。

32

　　所谓的"鱼水情深"就是：鱼有水才存活，水因鱼而成"活"。自然的规律不仅仅是弱肉强食的优胜劣汰，也是相依为命、相辅相成的恩惠互施。感恩大自然，感恩身边施惠予你我的一切。

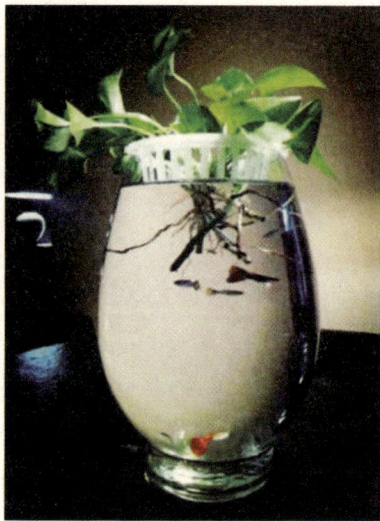

@公孙牧鹿：认识的第一层是顺应自然规律，第二层是创造新的人为规律以服务于人类，这就是人的能动性。

@晴天娃娃：多一份爱心，就多一些朋友。多一分理解，就多一片天空。常怀感恩之心，善待自然，善待生活中的每一个人。

感悟生命

生活小品
精彩人生
哲思随感

part two

　　日出日落，月满月缺，匆匆的时光雕刻出生活的轮廓。花开花落，云卷云舒，恬淡的心灵书写出生命的光辉。

　　【感悟生命】这章分为三节。第一节 # 生活小品#，只言片语描述生活的趣味，细细品味，引发点滴的感悟。第二节#精彩人生#，坚持用信念勇对挫折，以执着的梦想创造生命的奇迹。第三节 #哲思随感#，理性思考揭示出生命的真谛，独特视角展现了灵魂的深邃。我们的世界博大而宽厚，活在当下，尽情地去感受生命的韵味！

【编者语】

01

狗狗常常卧在我的脚边伴我读书，旁若无人、爱理不理中似乎有着许多的安逸感与安全感，也让我小小的书房平添了几分别样的温馨……特别是有时它轻轻地打起了呼噜……

@广厦寒士：醉迷于书的境界，时常令人身心疲惫，小生命无意间的骚扰，可让我们重回现实得以休息。

@叶落：那轻轻鼾声带你进入纯美的音乐之旅，美妙轻盈……

02

春花绽放，数日，又落英纷纷水流东。真是"朝看花开满树红，暮观落叶又还空"。盼春才怨枝绿晚，惜春又叹花落早。春色匆匆，落花匆匆，流水匆匆……不过，曾经的美，那是真实的。

@棉花糖：过了春华再来期待秋实，希望满怀！

@陇上老叟：春风总难遂人愿，流水落花春风中。

@蒋承勇：落花随水流，载到天尽头！

@柏拉图的海：繁花落尽，带着香味的木质纹理愈加厚重质朴。童年、成年、中年，这分明是人生啊。

@兰草：落花有意，流水无情！

"每天将手机和电脑关掉一小时。将目光从屏幕移开，关注你所爱的人，与他们对话，进行真正的对话。"谷歌执行董事长施密特前不久在波士顿大学如此建议。对许多人来说这建议很重要却难以做到。技术可以给人带来自由，也可能使之失去自由并沦为它的奴隶。保持人的自然天性，而非为机器所控。

@蒋承勇：是不是真正把机器关掉并不重要，因为那只是形式而已，重要的是你不被它所控。

@喜哥：施密特的建议很好，充满着人性，力倡所有人在享受技术革命所带来的自由和成果时，保持人的自然天性，不要将我们人类本身善良美好的一面丢掉。

@沙民：埋头专注手机、电脑的人随处可见。本该解放人的现代技术，呈现出走向反面的趋势。响应建议：每天关机 1 小时、2 小时……

04

飞机上的"独处"。独处不一定是纯粹空间上单个人的存在。身居闹市、众声喧哗却可以神游万里、思飘云天，依旧有宁静的恬逸、思考的快乐。独处，无论是空间上的还是心灵上的，都未必是孤独之途。其实，人生需要享受群居的快乐，也需要留时间独处，因为那是精神成长的温床。

@胡艳华：独处有时候能带来思想上的升华，独处能让你冷静地思考问题，独处还能让你学会坚强。

@一枕清霜：大隐隐于空，心如云，情似风。

@蒋承勇：网络时代，电脑、手机延伸了我们的视野，却远离了我们自己的心灵……

@谢正法：一分为二——有时拓宽了视野，心灵越宽广、越开放，两者正相关；有时延伸了视野，心灵越封闭、孤独，两者负相关。

　　"每逢佳节倍思亲。"亲者，亲人师长好友；思者，亲情友情恩情……曾经的互相给予，让生命充满温馨。不要总惦记着你曾经给予了谁。最该思念和记住的是曾经给予过你的人；可能的话，给他们一次看望，一番问候，哪怕是一声默默的遥远的祝福……

@卢建民：感恩是永恒的主题，人世间因此而变得更美好。

@陈忠来：重情得挚友，薄情失至交。念恩不论予，方为情义道。

@一枕清霜：当人生的遗憾无悔，当无悔的青春飞扬，我们能做的也许仅仅只是独善其身。

@广厦寒士：一次看望，一番问候——给予的是春日的温暖，留下的是秋日的高爽。

06

　　这大年初二早晨是一年中最静谧的早晨：没有了昨日爆竹的喧闹和车流与人流的熙攘；人们因近日迎新守岁的劳累还醉卧梦乡，往日的晨练也因此有了难得闲暇；钱塘江面不见了从夜幕中漂来的辛勤的船帆。似乎所有生灵都沉浸于狂欢后的安详，唯有这一轮朝阳轻柔地向大地播撒着缕缕温暖。钱塘早安！

@云中岳：〖诗词修己修身〗星月皎洁，明河在天，四无人声，声在潮间。钱塘潮似潮汐至，人间晚景晚情美。春来江水绿如蓝，迎来江山美如画。忆钱塘，最忆是杭州。忆杭州，能不忆江南？

@风雨江南雪：巍巍钱江，静若俊秀闺中女，飘逸委婉；狂似彪悍霸气汉，迎风浪激。冉冉晨曦，灵动生命心开端，充满憧憬；霞辉万千光芒远，情撼苍穹。新春纪元，萌动心潮踏浪舟，勇往直前；黎明时分巍然添，前景悠远。

07

　　年味与狂欢。过年，是精神与物质的盛宴：亲朋好友不远千里欢聚，美食美味休闲娱乐的一时放纵。狂欢中忘却平日生活的艰辛，祛邪祈福盼望来年安康。狂欢透射出浓郁年味，人们收获了难得的欲望与心理的满足甚至疲惫。年味淡去吧，狂欢只能也必须是短暂的，唯此才能获得狂欢本身所祈求的美好。

@实践：年味之所重，重的是久违的亲情与友情，是真情！只是过犹不及！

@漫天飞雪：年味之所以重，是我们平时没时间或机会回家，趁这当口打着春节的旗号回家与亲人团聚，也正是我们藏在心底最浓的对于家的深情。

@景致边缘：长亭更短亭，岁月总兼程。节日，不过是生活中旅途的驿站，喝口茶，歇歇脚，继续向前走！

@云水禅心：岁月静好，安然若素；似水流年，何必狂欢。

08

　　五月，春天交给了夏天，是生命力最旺盛的季节，是青春激越昂扬的季节。青春是用来承受成长的压力乃至痛苦的，是突破自我、化蛹为蝶的季节，而不是等待或沉溺于享受的季节……

@天台山人：君若醉美五月天，暖风细雨洗尘烟，鸟语花香岸柳绿，情青携手轻语棉……

@董丰："纷纷红紫已成尘，布谷声中夏令新。夹路桑麻行不尽，始知身是太平人。"

@云水禅心：春天就有蝴蝶。在南方，长年都有化蛹成蝶的嬗变律动。生命的美丽与魅力，始于蛰伏，张于萌动，借羽化而升华。

@Zhanglili：5 月，是生命力最旺盛的季节！是青春激烈昂扬的季节！

@小杨老师：5月决定一年的走向！

@蒋承勇：青春决定一生的走向。

隆冬爆竹放，寒夜礼花开。玉兔留祥去，黄龙送瑞来。

@叶落：烟花漫天，瞬间怒放，幻做了永恒的记忆！注定的，我们留不住烟花，却候来了春天的脚步！等待我们的将是一个更为绚烂的季节！

@蒋承勇：爆竹呈祥，礼花迎春。

@蒋承勇：今夜礼花漫天，今夜星光灿烂……

@海莫醒：冰雪消融之后，是又一个春天。而春天，总是充满希望的。

10

慢就是快。假日游京剧"盖派"创始人盖叫天故居，想起他曾说：慢就是快。耐人寻味。任何事业的起步阶段，须静心打基础、练基本功，点点滴滴慢慢积累，才有水到渠成、厚积薄发时的"快"。有慢才有快，先慢才能快，慢是为了快。欲涉远，始于慢。反之，心浮气躁急于求成，欲速则不达。

@尘耘：盖叫天所谓的慢，我认为是指做事要认真，不要太潦草。认真做事虽然慢但更容易一次成功，潦草虽然快，但是往往要推倒再来。

@戴平辉：慢就是快，稳方能达。

@云水禅心：《论语·子路》——无欲速，无见小利。欲速则不达，见小利则大事不成。周容《小港渡者》：天下之以躁急自败，穷暮无所归宿者，其犹是也夫！

11

昨夜开车出门有感：夜间开车遇对方来车须变远光灯为近光灯。在欧美国家这被普遍遵守，两列双向行驶的车队，极少用远光灯的。而我们国内道路上，大量的是冲着对面来车仍开远光灯的，自己视线固然清晰，对方却两眼模糊，若撞将过来，不也自身难保么？利他即利己，利己勿损他！

@陈建寅：现在开车的人，没有几个在碰面时改用近光灯了，巴不得自己的灯光照得让他看不见，到时也是害人害己的。

@藿香：利己勿损他是做人的基本道理，为什么现在成了奢望？

@德毅：很多人是习惯问题，学车时师傅没教，这种人需教育改之；还有一部分是道德问题，故意给对方难受，这种人大家共谴！

12

母子俩搭上黑人开的出租车。小孩问妈妈：司机叔叔肤色为什么与我们不同？妈妈答：上帝创造各种颜色的人，是为了让世界多彩，让彼此相爱。抵达目的地，司机不收车钱，说：我小时候也问妈妈同样问题，妈妈说：黑人生来低人一等。若我妈妈当时回答也像你这样，我会更成功。接纳不同，丰富他人亦丰富自己！

@陈世伟：大人不经意的一句回答，决定了孩子的命运。可见家庭教育至关重要。不同角度看到问题，答案自然不同。让我们智慧一些，接纳不同，丰富他人亦丰富自己！是天下父母亲学习的榜样啊。

@蒋承勇：多一点美丽的"谎言"，就少一点丑陋的仇恨。圣诞老人不存在，但关于他的"谎言"给了孩子们无限的心灵的美丽！

如果说"太阳每天都是新的",那是因为每个今天都不再是你的昨天,每个今天都是即将到来的昨天;如果说"一个人不能两次跨入同一条河",那是因为前次的河流已离你而去,河水却从不倒流。有歌词说"我的青春小鸟一去不回还"。追怀过往的青春是甜美的,但也难免酸楚,因为谁也无法改变时光的匆匆!

@黄继满:蒋童鞋所言极是。是啊!时光匆匆,一切都在运动、变化着。追忆昨天的美好,追求明天的梦想,也像河水一样流淌着。把心放下,以愉悦的心情迎接每天的朝霞,才是能成真的梦想!

@李东:时不我待,时不我与,时不再来,就是此意吧。

14

生活中难免上当受骗。但从营造良好生活环境角度看,上当受骗并不可怕,最可怕的是从此失去对他人的信任并同样施骗于人。社会对行骗者无疑不可熟视无睹,而应施之以法规之利器和道德之软鞭。但从每个人层面说,仍应在防范欺骗的同时坚守诚信原则,期待并相信他人的诚信。否则我们的生活只有沙漠没有绿洲!

@进修学校陈萍:蒋老师,我特别讨厌被骗,会感觉到人格自尊被侮辱了。

@蒋承勇:很理解,因为我们的生活中确实欺骗太多。但为了减少欺骗和被欺,首先自己不欺人,这也是对自我人格的一种坚守。

　　某君年轻时双腿致残，坐轮椅虽能出入许多场合，却难免羡慕健康人奔走自如的美好。后一病不起告别轮椅，又怀念坐轮椅的美好。其羡慕和怀念皆合情理亦令人同情。与之类似：人们对生活中许多美好常常到过去了、失去了才体会曾经的拥有。生活总有欠缺，多体会、多发现并珍惜当下的美好，你的生活会更美好。

@hongyan：人生就是这样：拥有时，我们以为理所当然；失去后，我们往往追悔莫及。所以，只有心怀感恩，珍惜我们当下得到的一切好，才能从容走过不遗憾的人生。

@希西公主：所有的经历，无论酸甜也罢苦辣也罢，过后都是那么值得回味的，只要当时我们是细心品味了的！珍爱活着的每一刻！

@蔡茗蕙：人，总在长时间沉浸于一种状态下厌倦而麻木：生活、工作、爱情都如此，以微笑与安静活在当下，从中寻求新的活力，若换了场景或物是人非，以同样的安静用新的眼光重新认识改变了的场景与对方：再黑暗，记得为自己留一盏温暖的灯。

01

"我们下决心登陆月球，不是因为那很简单，而是因为那很艰苦。"（美国前总统肯尼迪）要真正实现个体生命的价值并对社会有益，无不需要自我的艰苦努力。不敢直面创业道路的艰辛，也就无所谓创业，成功与事业也就无从谈起。

@蒋承勇：有一种心态属浮躁，渴望成功却总希望别人给自己铺平道路；有一种心态属浮躁，渴望成功却总逃避潜心的付出；有一种心态属浮躁，渴望成功却总希望每一分获得都有飞快的速度……

@俞晓光：付出未必和收获成正比，但成功独青睐艰苦卓绝的创业者和披荆斩棘的跋涉者，奋斗是成功的独门，是事业的活门。

@蒋承勇：但真正的强者、智者就是不跟风，有鉴别力、自持力的人！

02

"播下一个行动，收获一种习惯；播下一种习惯，收获一种性格；播下一种性格，收获一种命运。"（威廉·詹姆斯）其实人与人智力水平相差无几，习惯与性格却拉开命运的距离。最终收获什么，还问你播种过什么。素养提升个人能力，注重日常习惯素养的点滴养成，决定未来命运的也许就是你自己。

@叶落："积千累万，不如养个好习惯！"叶圣陶先生就曾这样讲过。好习惯，是孩子一生的幸福！

@蒋承勇：良好的习惯体现一种优秀。

@小凤凰：有的人就是夜郎自大，自以为自己很了不起，到头来是自种恶果自己吃。

@悦然：一个人晚上8—10点在做什么，决定了他今后会成为怎样的人。

@蒋承勇：用好业余时间，也是一种习惯。

　　我们成长，我们付出；我们付出，我们成长。然而，当我们收获梦想的果实时，追求梦想时的天然本真还尚存几分？我们的良知是否已积盖了太厚的封尘？相信，我们的心灵不是面目全非，而依然有：山涧小溪水潺潺，蓝蓝天上白云飘，坡上青青草……

@盐荒子孙Ⅴ：爱因斯坦说过，时间存在的唯一意义，就是任何事都不可能立刻实现。在时间流逝的同时，伴随着也会流逝一些率真和纯洁。

@晨：对梦想的执着追求就是追求自我，当追梦的过程失去了本真，梦想便不能称其为梦想，充其量只是目标，总会沾染些世俗的气息。只要有梦想，便总会有蓝天，白云，溪流，山丘……

04

　　没错，医学、法律、金融——这些都是崇高的追求，足以支撑人的一生；但诗歌、浪漫、爱、美，这些是我们生活的意义！（美国电影《死亡诗社》）成功、知识、生活……都有有形与无形、实用与意义之别，而无形的意义和精神价值等容易被忽视。什么是成功的正确价值导向？追寻什么样的生活更有意义？

@漂在生活：真善美是导向之基础。寻求一种有益于他人、有助于他人的生活，才是有意义的。

@蒋承勇：为生存而忙碌是必需的，但又不是生活的全部。

@思思：大学生主要在于有没有自觉性，大学的知识大半都是来自于阅读。但这时代有不少学生整天忙碌的事，是谈帅说美。

"无论在精神上还是物质上，你都有赖于他人——这些人有的已告别人世，有的依然活着；我已经领受并至今还在领受他人给予的许多东西，我应当做出同样的回报。"（爱因斯坦）每一个人的生活都有赖于他人，所以要懂得感恩；懂得感恩，心灵会更平和、宽阔，我们的生活会更温暖！感恩他人！

@兔子：嗯。我们首先是作为独立的个体活着，但是同时也是作为一个有赖于他人的社会生命体而活着。所以，"有赖于"，就是一种付出与收获，帮助与被帮助的中心说法，对不？——所以，无论如何，我们都要感恩！——也谢谢老师，给我们提供这么温暖人的名言。

@蒋承勇：有敬畏之心就谦和、尊重人、知不足并不断长进。

06

"失明将我的人生一分为二，29 岁前，我是在超越别人；29 岁后，超越自我。一个人可以看不见路，但绝不能停止前进的脚步！100 次摔倒，可以 101 次站起来。"（盲人教授杨佳）生命的信念支撑她在黑暗中找到光明，也使生命活出了特有的尊严！相比之下，我们是否更应珍惜我们的拥有并自我努力呢？

@哲人世家：人的一切能力的展现与智慧的运用都在于方寸之间，你到了什么位置满足了，不再有进取精神了，而且也开始保守与贪婪的时候，你的才能与智慧也就枯竭了。而有一种人，你让其扫厕所与让其治理大国的心境是一样的，这样的人才是真正的大才；退能守住自己的方寸之间，进能掌握宇宙的脉动规律与世界的变化。

@蒋承勇：征服自我与超越自我。

@蒋承勇：杨佳是中国科学院研究生院教授，联合国残疾人权利委员会副主席。双目失明后依然在讲台上坚持讲课，有漂亮的板书，能用多媒体教学！

@心境：盲人的心是最真诚的，踏出每一步都是用心在走；虽然看不见这繁华的世界，但能看透人心。因此，盲人的心永远是最亮的一颗星，纯！

风雨中我们执着前行，因为我们心怀人生之梦。梦是玫瑰花瓣，风雨是它的刺；刺与玫瑰花瓣相随，就像风雨与人生相伴。风雨过后生命的玫瑰更美丽。

@ 好笑：真正的生命，无论绽放还是凋零，都应该是美丽的！我赞赏绽蕾盛开的鲜花，也欣赏落英缤纷，那美丽瞬间的凋零。然后，花用她绚烂的生命，孕育着丰硕的果实……如此循环往复，世界才变得多姿多彩，生生不息！人生莫不如此，要给人以美，以快乐和愉悦……

@ 蒋承勇："教育本身不过是对成熟的思想文化的一种选编。"

@zangyanpu：无论你是普通人，还是精英，都应该为自己的一生负责。你可以有梦想，你也可以平淡一生，选择在你。但，回顾人生的时候，千万不要因为未曾奋斗而后悔，也不要因为没有收获而沮丧。人的一生，是积累的过程。栽种什么，就摘取什么。我希望，我的人生篮子里放满成熟圆满的甜果，而不是晦涩难咽的苦果。

08

"当你看到一个出口时，不要忘了，从另一个方向看，它其实是一个入口。"（〔美国〕P.洛克）同理，当你到达一个终点时，不要忘了，无论往前看还是往后看，它其实是一个起点。无数的出口与入口、起点与终点的变换与链接，构成了人生轨迹；出与入、起与终都是相对的，把握得当则为人生添彩。

@zangyanpu：人生无终点，除非你终止它；人生有起点，多晚也不迟。

@ 方土富：善出善入，全始全终，生命精彩！

@ 天台山傅相标：是的，或进或退，门或坎有时只是心理暗示，放下了，处处是门；放不下，门也成了坎。

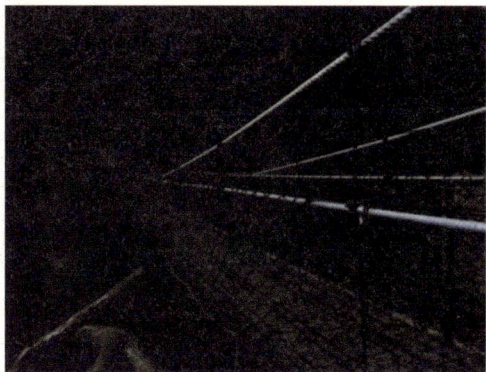

09

人生之跋涉，困境、穷途皆有可能。气馁时选择放弃是很容易的，而一个敢于用失败去证明自己勇气的人，总会有"柳暗花明"的另一番景色……

@梁颖东：迎接失败需要勇气，面对失败需要智慧。

@彭轩：人生就是这样，要勇敢地面对困难、努力地坚持下去、快乐地生活下去，熬过困境，总会雨过天晴、柳暗花明、冬去春来。我们大家一起来努力吧！

10

俄国幽默大师契诃夫总劝告人们要珍惜生活，他经常说：要是你的手指头扎了一根刺，那你应当高兴地说，挺好，幸亏这根刺没扎在眼睛里。生活就是如此，用幽默方式对待不如意事，是积极的。何况，退一步天高地宽！

@雁儿在林梢：当不幸发生，又无法改变现状时，我们只能淡化伤痛，这也许是最好的办法。

@蒋承勇：幽默常常也体现一个人的生活态度、智慧涵养。

@晓廖：活在这样一个物质世界里，必须要有颗强大的心来包容些东西才能守住自己的精神。

11

坚韧执着，须从希望的天空获得阳光雨露，因为只有感到希望的存在，我们才有坚守的决心与勇气；希望之花的开放，也须有坚韧执着之土壤的滋养，因为只有坚持不懈，我们才有机会抵达希望的彼岸。

@吴地：一个人只有看到希望才能坚忍执着，一个人也只有坚忍执着才能抵达希望的彼岸。

@陈江：放弃该放弃的是无奈，放弃不该放弃的是无能；不放弃该放弃的是无知，不放弃不该放弃的是执着。

@阮璐：希望存在于清晨的曙光里，更在于内心的信仰中。我们不想放弃，不能放弃的，始终是内心的信仰，那个也叫作理想的冰清圣洁的东西。

12

柏拉图说："胸中有黄金的人是不需要住在黄金屋顶下面的。"这胸中的"黄金"即人的精神境界。人是不能脱离物质需求而生存的，但是，过度追求和满足物质需求，就可能因丧失胸中"黄金"而走向精神上的空洞与贫困。

@吴战：我倒更喜欢柏拉图对于历史衰退趋势的看法。人类历史发展的洪流中，什么在改变而什么没有改变，什么应该更进步却最终停滞不前。

@一枕清霜：柏拉图引领我们走向一个精神的制高点，当花香当秋月，当寒暑当春雨，每一个偶遇或擦肩都美得窒息，情归所致……

@吴战：欲望创造世界辉煌，而后毁掉世界繁华，让人类欲望继续在毁灭和重生的循环中终而复始。

13

"少年经不得顺境，中年经不得闲境，晚年经不得逆境。"（曾国藩）但是，有多少少年、盛年者在祈求一夜成名暴富？成功之欲望强烈，却不愿承受逆境，欲望将成泡影；理想之花美丽，却不想经历挫折，花美终无果。

@贺梦依：把握人生三境，虽然有时由不得个人！但任何境况下，都以积极的心态去面对，是个人做得了主的。

@李若飞：少年顺容易失去斗志，人生容易失败；中年闲，该奋斗时不奋斗，老年容易吃苦；老年已经失去奋斗能力，处逆境是悲哀。

@蒋承勇：古人云："生于忧患，死于安乐。"

14

日本商界"四圣"之一的稻盛和夫强调经营者的利他之心，他的成功亦已证明利他之路是行之有效的。求利之心原本无可厚非，且是个人事业和社会发展的原动力。但求利欲望不应仅仅表现为单纯的为己谋利，还应提升到利他和利于公众上。这种利他追求最终会在提升自身价值的同时扩大自己的利益。

@小艾：己欲立则立人，己欲达则达人。

@徐国庆：心中装的自己以外的东西越多，最终受益自己的也就越多。

@看海听风：求利之心原本无可厚非，但唯利是图则令人厌恶。

@知秋：稻盛和夫的经营之道，被人们推崇，是经营者的必读之物。

@蒋承勇：东方管理哲学的践行者和成功范例！

15

五花八门的"成功学"，满足着这个社会的某种欲望饥渴。问题是，"成功"总是被定义在高分、高薪、高位（高人一等）上，于是，无可避免地降低了获得成功的精神与心灵之维，从而降低了追求者关于生活的幸福感，虚化了人生的意义。默默耕耘的人是有智慧的人。

@李黎明：成功的证明究竟是什么，用什么证明是成功的。这个问题没有标准答案，只好用数字来衡量了，就出现用高分、高薪、高位来证明的现象。

@叶松：一名真正的成功者应该在推动文明发展与社会进步方面留下独特的一笔。

@郑宇凡：国人的成功论很荒唐也太过于肤浅，谋得金钱便为成功。

@王延隆：别忘了追求成功的过程，要知足，才快乐！

16

黑格尔："一种人毕生致力于拥有，另一种人毕生致力于有所作为。"一心渴望拥有，一旦没有达到目的，就会失落、痛苦和绝望。心无旁骛，专心于事业的追求，就会忘掉许多烦恼，找到许多努力过程中的快乐。一分耕耘未必有一分收获；但不耕耘通常不会有收获。

@郑治中：每个人都希望自己能有所作为，拥有财富、荣誉……前者在乎的是结果，后者在乎的是过程。

@张永升：不要太渴望拥有，但一定要拥有梦想；专心于有所作为，但别忘了有所不为。有所得，有所不得，有所为，有所不为，人生就是一个艰难的成长过程。

@布豆豆：流水不腐户枢不蠹，不断耕耘的人，每天都在洗刷和更新自己的灵魂，使自己的精神更加坚强和自信。

@老妖怪：大道至简，默默耕耘的人是有智慧的人，更是境界的升华与培育。故事曰，行者问高僧：您得道前，做什么？老僧：砍柴担水做饭。行者：那得道后呢？高僧：砍柴担水做饭。行者又问：那何谓得道？高僧：得道前，砍柴时惦记着挑水；得道后，砍柴就砍柴，挑水就挑水，把每一件小事做到完美。

17

开元旅业集团董事长陈妙林的用人原则，突出一个"德"字："有德有才抓紧用，有德无才培养用，无德有才坚决不用。"

@蒋承勇："德"，靠自我养成、自我约束，这是"自律"；也靠社会道德教化、制度约束，这是"他律"。

@王效宏：企业家以诚信为上，企业才能做到有德。此外，疑人要用，用人亦疑，也是人力资源管理的境界。企业之所以要各种制度和规范，一部分原因也在于此。

@伤感花心：疑人不用，用人不疑！

@蒋承勇：企业之德，诚信为上！

18

团队的意义在于凝聚力，凝聚力来自团队个体间的协作精神。在团队里，为别人补台等于为自己补台，成就他人也将成就自己。

@李若飞：集体的力量就在于发挥整体效应，使1+1大于2。

@慈溪先锋：所以，团队成员气质、性格、特长、背景等因素都有可能成为挑选因素，也是一门大学问！

19

毕淑敏的短文《孝心无价》很好。它提醒我们，不要忘了时间的残酷，不要忘了生命有不堪一击的脆弱。因此，尽孝道，无须等到你自以为成功了，自以为物质条件有多好了的时候，而在于你能否时不时地以力所能及的方式，表达一份爱心、一份孝心。尽孝，也和你追求事业的成功一样，时不我待，需要只争朝夕。

@萍水相逢：百善孝为先。
@夏天：待有余而后助人终无助人之时！不要留下"树欲静而风不止，子欲养而亲不待"的遗憾。
@田新民：孝不需要贵重但需要及时，爱不在乎华丽只在乎体贴！
@地球大学校长任秀红：常对我的学生们讲：在学校开心学习、快乐运动、幸福生活，常常给父母打打电话，在家里为父母做一顿饭，一起干干活，也是一种孝顺。
@蒋承勇：母亲节！不是重复的重复："孝在当下！"

20

爱因斯坦说："人是为他人活着的。""我时时为过多地占用了同胞的劳动而忐忑不安。"确实，人在这个世界上不能只为自己而活着，不能一味地攫取与享乐，不能总觉得这个世界欠自己许多，而应懂得自己每天都在领受他人精神与物质的劳动果实，每一刻的生存都有赖于他人。因此要尊重人、爱人，要有责任感！

@苍龙楚水：人活着不仅仅是为了自己。
@乔忠乾：为别人就是为自己，人之所以为人，就是因为他是社会的……

21

　　"世上没有无缘无故的爱，也没有无缘无故的恨。"现在的问题是，我们要努力超越狭隘的"爱"与"恨"，以平和、宽容之心去关爱每一个人；让每一个生命都活得不失尊严，然后，也许才谈得上真正让你自己活得不失尊严。所有这些都因为：我们正处在一个需要更重视和保护每个人的尊严的时代！

@黄继满：爱恨都由心生，恨是欲望不满的累积。人们要活得有尊严，要少恨多爱，是有途径的，这点我们的先人早有所示，修身养性。心放下了，宁静了，许多不平事也就般若了，恨就少了，爱就多了，人人就活得有尊严了！

22

　　心甘情愿吃亏的人，终究吃不了亏，能吃亏的人，人缘必然好，人缘好的人机会自然多，人的一生能抓住一两次关键机会，足矣！

@阳光再现：吃亏重在心态调整，而不是亏什么。所谓有得必有失，有失必有得。你失去物质的东西，可能得到精神上的幸福和快慰。

@黑板报：怕吃亏的未必不吃亏，肯吃亏的未必真吃亏。

@希西公主：我不识何等为君子，但每事肯吃亏的便是；我不识何等为小人，但每事好占便宜的便是。（弘一法师）

@董丰：古人说过：用争夺的方法，你永远得不到满足；但用让步的办法，你可以得到比期盼的更多。换言之：吃亏是福！

站在这边看，数尾秋后芦花，一轮如血残阳，几多悲愁，几分苍凉。站在那边看，也许是，树树春花，漫天朝霞，日出东方，充满希望。从太阳角度看，无所谓日出日落，不存在春秋冬夏，生命之气象万千，皆因这小小寰球，因生命存活于寰球不同角落。于不同角度看宇宙看生命看人生，结果各不一般。

@柏拉图的海：生活之美，在于发现；生命之美，在于体悟；幸福之美，在于态度。

01

　　课堂上化学老师说，他将测试一瓶臭气的传播速度。打开瓶盖后15秒钟，前排学生举手称自己闻到臭气，后排学生也陆续举手说闻到了。其实瓶中什么也没有。思想的张力与穿透力也是生命力的一种表现。世事变幻无穷，要用自己的头脑思考与鉴别，不迷信，不轻信，不盲从，让思想的张力彰显生命的活力。

@刘旭军：用自己的头脑思考与鉴别，不迷信，不轻信，不盲从，对待网络信息亦如是。

@蒋承勇：一个人的生命活力可以有多种形式的体现，思想的张力与穿透力是一种体现。

@俞晓光：生命力的最高表现形式是思想力，唯有思想具有无限生命力。人类的思想力孕育创造力，而创造力又是生产力的根本、文化力的源泉，这是一根由必然因果勾连起来的链条。珍惜弥足珍贵的思想权利，不迷信，不轻信，不盲从，让思想的张力彰显生命的活力。

02

　　"人类的精神与动物的本能区别在于，我们在繁衍后代的同时，在下一代身上留下自己的美、理想和对于崇高而美好的事物的信念。"（苏霍姆林斯基）人类对子女的爱也有本能的成分，但人能从本能和物质层面提升到精神层面。精神传递是人类更高意义的繁衍。多关注精神的提升与传承，明天会更好！

@于仁信—蓝梦：现在的人只注重把自己的美貌留给下一代。理想和崇高精神传递微乎其微了，那些李氏孩子的所做所为就是精神文明的丧失！

@陈忠来：传承美德，提倡诚信是每一代国人需要持续探讨的社会课题。

@小凤凰：俗话说，传子千金不如传子一艺（包括良好精神财富、良好人格、良好精神文明）！

@蒋承勇："富不出三代"的说法就是精神繁衍退化的典型。

03

"人生就像做土木工程，你必须能够抗弯、抗剪、抗压、抗拉、抗震、抗打击、抗腐蚀、抗沉降、抗疲劳；你必须有刚度、有挠度、有弹性、有塑性。"（朋友短信）一个人也许不可能同时具备这么多特性，但有必要锻炼其中一些秉性。走着一直平坦的路，人生可能就无法达到一定的高度。

@吕延文：走着一直平坦的路，遇到困难绕道走，人生永远无法达到一定的高度。

@陈江：人生好比土木工程，楼越高，你承受的压力必然越大；要让楼不倾，每一步的基础必须扎实。

@文博新闻快报：经过《喜羊羊与灰太狼》全集统计，灰太狼一共被红太郎的平底锅砸过 9544 次，被喜羊羊捉弄过 2347 次，被食人鱼追过 769 次，被电过 1755 次，捉羊想过 2788 个办法，奔波过 19658 次，足迹能绕地球 954 圈，至今一只羊也没吃到，但他并没有放弃。想想灰太狼，我们现在吃点苦又算什么呢？

@扬扬其乐：人生魅力尽在那么多的转角处！

@蒋承勇：把握好转角处和爬坡处！

04

"人性有弱点，也有优点。小人之所以常常成功，是因为他们特别能利用人的弱点，但最终必将失败，那是因人性中还有优点。"（鲍鹏山）虽然，在纷繁喧嚣的生活中，人性之善恶常似雾里看花扑朔迷离，其实人性终究趋善、向上。放大人性的优点，抑制人性的弱点，人性更美好，人生更美好。

@李建华：小人永小，勇者永强，重要的是看有无阳光。

自由不是想干什么就干什么。自由以每个人的自制与守规为基础和前提。自制和自由是辩证的统一。自制是为了自由，要求自由就要学会自制。人人不影响别人的自由，人人就获得了自由。天堂的规则比地狱更完善，而放纵的自由将导向地狱。

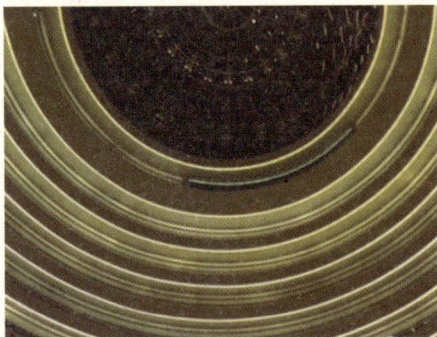

@四水养木：自由来源于它的对立束缚，解除了束缚就可以称为自由了。束缚又来自于自己的内心，好比你今天穿了件惊世骇俗的衣服，别人的眼光是异样的，可你觉得这还是你自己的自由，毕竟衣服穿在你身上。坏蛋更自由。

@陈春发：很欣赏这样一句话：You have the freedom to swing your fist around. But it ends where my nose begins! 你有四处挥动拳头的自由。但我鼻子开始的地方，就是你的自由结束的地方。

06

"顺其自然"并非放任自流、无所作为。"自然"指客观规律，"顺其自然"即遵循规律、因势利导促成好事，并使坏事向好的方向转化。对有利于当下与未来、自己与他人的事，遵循客观规律积极为之，乃"顺其自然"之真义。逢山开路，遇河架桥；播种耕耘，瓜熟蒂落；积极有为，利己利他。

@张永升：顺其自然的处世态度，其实是很审美的，就像庄周梦蝶，我们拥有的是一种生命的安顿、文化的皈依，是一份主动、唯上、智慧。

@清秋：我以为的"顺其自然"是对待事情的一种态度，重过程，淡结果，凡事尽力就好。

@陈世权：自然——自，本来；然，规律。自然，本来就存在的客观规律也。

07

　　因为生命是有限的，所以才有对时间流逝的惶恐和对生活的渴求。如果生命是永恒的，人类也许不会关注生命本身，也许就体会不到关切、珍惜、爱与希望等精神存在的价值。生命的有限性，使人类体会到了精神存在的价值与意义，也使生活有了从物质层面向精神层面提升的可能。

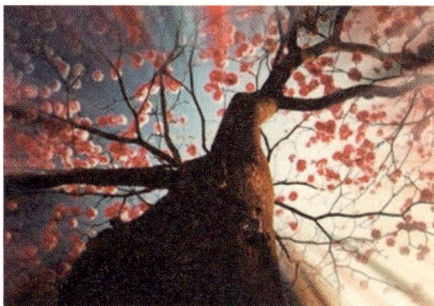

　　@吴战：生之有限，而物之满足人欲则无穷。以有限而去追逐无穷，肉体生命又怎能不疲惫有加，底线之难守存呢？

　　@风雨守陵人：有些人能得到提升，哪怕物质比较匮乏。有些人沉湎物欲，哪怕富可敌国。但作为人，高下立判。

　　@三清：走过生命的逆旅，人世沧桑，谁都会彷徨，会忧伤，会有苦雨寒箫的幽怨，也会有月落乌啼的悲凉。但有限的生命不允许我们挥霍那份属于人生的苦辣酸甜。经历了风寒阴霾的苦砺，才会破茧在阳光明媚的日子。繁华落尽是平淡，喧嚣之后，依旧安详。

08

　　"幸福就是肉体无痛苦，灵魂无纷扰。"（伊壁鸠鲁）多数人在多数情况下并无肉体的痛苦，但有灵魂的纷扰；而灵魂的纷扰往往源自欲望的企求太多。其实，幸福地拥有原本也可以是非常容易和简单的。

　　@原来如此：无论如何定义，人性的基本要求得到满足，是幸福的必需条件。自由、平等、正义等社会层面的价值观满足，同理。

　　@竹轩语丝：简单即幸福，可惜做到"简单"二字却不易！

　　@感悟人生：在纷繁复杂的世界里，"灵魂无纷扰"是多么奢侈的企望？而面对纷扰自我感觉"过得去"也往往需要痛彻心肺的历程。

　　@流浪：伊壁鸠鲁还如是说："快乐是幸福生活的起点和目标。""如果我把口腹之乐、性爱之欢、悦耳之娱、见窈窕倩影而柔情荡漾，一概摈弃，那我将无法设想善为何物。"

　　@流浪：极度的满足可能会带来一时极度的幸福与快乐，但那是不可持续的，而且严重的是结果可能会走向负面，且于道德上可能是相悖的。

　　适度的物质条件是人生梦想的合理内容，但这并不意味着人可以因此而利欲熏心。幸福人生也可以简单而朴素，或者说，真正幸福的人生应该包含朴素与纯真。达到物质的相对富有，未必就要以挤去人性的纯朴善良为代价。文明而自由的生活是保留了心灵纯朴与本真的生活，而这也许就是真正幸福的生活。

@阳光再现：物质基础是需要的，但只要足够生活就可以了，多了反而会成遏制人类才能的祸害。精神的富有似乎来得更重要些，它时刻影响着我们的一举一动、一言一行。而且幸福更关键的因素是人的感觉。

@俞明祥：文明而自由的生活是保留了心灵纯朴与本真的生活，而这也许就是真正幸福的生活。

@沈威：幸福是人的内心体验和感悟！物质条件无法衡量！

@月无缺：幸福人生也可以简单而朴素，或者说，真正幸福的人生应该包含朴素与纯真。

10

　　人与地球渺小而宇宙浩瀚。我们赖以生存的地球是绕太阳转动的小行星，它在太阳系中几乎可以忽略不计。其实，像太阳这样的恒星在银河系中有1000多亿颗，它若以光速前进，到达银河系的中心也要3万亿年！然而，宇宙中像银河系这样的星系有2000多亿个……人类是上帝创造的吗？

@陈忠来：我们都是浩瀚宇宙中的尘埃，没有人是别人不可缺少的依赖。放低姿态，融入社会，努力奋斗，让自己花开不败。

@竹叶星空：这么多星星却不乱窜，银河系也好太阳系也罢，它们都拥有着人类无法理解的智慧，它们的智慧被人类理解为自然规律，人类和地球其他物种的智慧怎么产生的？如果有上帝那我们每一位都是组成上帝的一部分，哪怕我们再渺小……

11

《礼记》："毋不敬"；"礼者，自卑而敬人，虽负贩者必有尊也"。此处"自卑"指自谦和虚怀若谷，对他人给予尊敬。以此种心态看人，那么穿街过巷挑担小卖的"负贩者"也有其尊严，要给予尊重。为人讲"敬"，则人人对他人以尊重、尊敬。推而广之：敬己、敬人、敬业，"敬天爱人"！

@张永升：与西方讲平等不同，中国礼仪讲尊卑，尊卑是相对的，彼此为尊，礼的原则是与人为善，善良比聪明更难。

@上德若谷：世上任何生命都有尊严，尊重生命就是尊重自己，所以，培育生命的母亲才是伟大的。敬强者、富者易，敬弱者、贫者难，所以，要从敬弱者、贫者做起。

@闫国强：常怀敬畏心的人，尊重一切人，珍惜世间万物，不论尊卑贫富均生活在其乐无穷中，才是真正的幸福。

12

每个人都可以是社会不良现象的批评者，但每个人也都是社会道德的建设者。当我们每个人都在自己的行为中体现出以诚信为道德底蕴的精神时，当我们每个人都对他人多些真诚时，我们大家的生活都将更美好。

@雪子：如果我们每个人都讲诚信，不做违背社会公德的事，有爱心，多宽容，这个社会不就和谐了吗？

@叶松：千言万语抵不过一个小小的行动，我们先改变自己，中国才会改变。

@景致边缘：社会心态就是众人心态，大家的心态怎样，就会有怎样的社会状态。改变社会，不是谩骂、抱怨、牢骚，而是建议、参与、管理。改变社会，从改变自己开始。

@沙民：说出怎样不好，比较容易；说出怎样才好，比较难；怎样把它做好，更加难！向建设者致敬！

@海涵：诚信中国需要人人参与，尤其是需要当官的必须讲诚信，当前面临的问题不是民间诚信危机，而是政府诚信危机，政府的诚信需要当官的去兑现。

慢、静、精与真正的创造。瑞典诗人托马斯·特朗斯特罗默于宁静淡然中精雕细琢每首诗,2011 年 80 岁时获诺贝尔文学奖。23 岁出版首本诗集,而后每年写 2 至 3 首,共发表 163 首,结成全集也不过一口袋小书而已,但每首都被认为是好诗。净静而悟深、而精纯、而艺及巅峰,任何真正的创造皆然。

@希西公主:没有沉淀和积累,就没有精彩和厚重。文字、感情、顿悟都需要时间的雕琢。

@蒋承勇:感情深厚者多,能优美而精致地表达者少,否则满街都是诗人。当然,这也没必要。

@云追月:我又想了想,应该这么说:好诗是内容与形式的完美统一,情是内容,"优美而精致的表达" 则是形式。诗人就是感情深厚且擅长玩弄文字者。但相对于形式,还是内容重要些。

14

批判性思维不等于什么都否定,不是单纯地说"不",不是故弄玄虚的发难、揭短,而是大胆质疑、谨慎断言,是为决定相信什么或做什么而进行合理的、理性的反思,具有开明、公正的心智。批判性思维是构造性和建设性的。盲目的反对和不负责任的发泄无疑不是批判性思维。

@蒋承勇:批判性思维即创造性思维。创新重在建设。

@一片光明在远方:批判性思维是理性的反思,具有建设性。批判是为了创新,而不只是为了打破。打破是手段,创新是目的。

@吴东法 LSAT:批判性思维通常被认为翻译自英文 Critical Thinking,其前提是独立思考和分析的结果,是对某问题、论题或观点陈述独立思考着自己的意见或看法,而不是否定或反对某问题、论题或观点。

@广厦寒士:少数人不敢批判,多数人不会批判,批判不仅需要智慧,更需要勇气。

@廖庆:批判不是抬杠,不是反对你不认可的,批判首先是站在自省自律的立场上的。

15

　　小学旧课文："三只牛吃草，一只羊也吃草，一只羊不吃草，它在看花。"羊怎么会看花呢？疑问勾起了无穷的想象，看花的变成了读书的儿童。朴实清新的叙述，淡出了刻意的思想训谕；童趣盎然的自然世界，柔化、滋润稚嫩的童心；陶冶心性，美与善寓于其中，润物细无声。

@菜园邵：不同年龄阶段用不同的教学方法，这很重要。比如，和幼儿园的孩子说话最好蹲下来，和他一个视角看事物，说出来的话他才能更好地理解。

@云水禅心：爱美之心，羊亦有之。告子曰过：食色，性也。不吃草的就看花。

@张永升：将教育建立在生活之中，保留童真、童趣和童言，没有成人化的矫情和拔高。

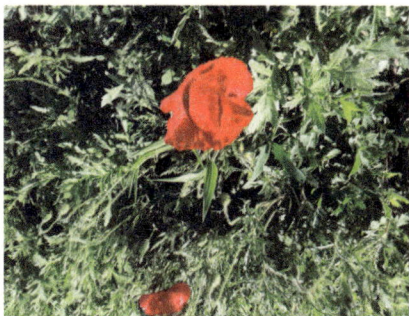

16

　　网友问：生命的意义是什么？我答：生命的意义在于寻找生命的意义。又网友问：那寻找将是痛苦的事。我答：生活中没有一劳永逸的"意义"终点。所以"意义"在于过程、在于旅程。有时旅程是艰辛的，有时旅程绿树成荫。但首先自己的心里要有绿荫，那么，即便艰辛，也有意义。往前走，总有有意义的绿荫！

@藿香：某广告——人生就像旅行，不在乎目的地，在乎的是沿途的风景和看风景的心情。

@iDance屠锋锋：生命由尘而来，终究归尘而去！学会放下，活在当下就是幸福！这是我对生命的感悟！

@柳志伟：生命的意义在于实现理想以及回报自然和社会赋予自身的恩惠。

17

地球是圆的，从起点径直往前走，终点即为起点。人生亦然，终启归一。乘车长途旅行，盼快些到达终点，时而在过道踱步徘徊抱怨时间过得太慢。看电视剧为情节悬念所诱，盼早知道人物命运之结果。其实终点、结果意味着结束。生命之真正乐趣与意义在旅程。不要焦躁徘徊，多欣赏途中美景与快乐，不要让旅程结束得太快！

@斯言：每个人的终点都是一样的，唯一不同的也就是过程而已。谁敢说过程不重要呢？联系到爱情，有些人追求得到，于是婚姻成了坟墓，有些人却可以遥望，成为一生追逐的风景。

@太阳：支持，欣赏生命的美丽，需要一种心态，一种环境，更需要放下很多东西。

18

"我为人人，人人为我"？"人人为我，我为人人"？年少时似觉两者皆可，后觉得前者对。每一个体的人都有尊严，每个人之尊严是一切人之尊严的前提；每个人都维护他人之尊严，社会才能进入尊严时代，每个人之尊严才有保障。自"我为人人"始则有"人人为我"之果，公平、正义、和谐皆得矣！君以为若何？

@詹敏：赞成"我为人人"先。我为人人，但别苛求别人为我；别人为我，我需心怀感恩。

@言宏："我为人人"不求回报的心态，得到"人人为我"的现实结果，快乐自然多多。

@蒋承勇："我为人人"是一种自觉，而非谋取"人人为我"。

"一沙一世界，一花一天堂；掌心握无限，瞬间即永恒。"寻常之物蕴含着一个世界，有限中珍藏了无限。洞察世事须见微知著，看到一片绿叶里的生生不息和一刹那间包含的永恒。宇宙浩浩你我弱小宛若恒沙微尘却自成一个世界；世界渺渺你我卑微犹如纤纤小草但应有生命之充分的自由、自信、自尊与自珍！

@淡淡思绪：时间慢慢流逝，身老，不可避免。我以后也会对着某个小伙说自己老了的，但，保持一颗炽热旺盛的心，身老心可不能老，继续为人民服务哈！

20

"生命的意义是什么？"这个问题有答案却又永远答不好、答不完。我曾回答：生命的意义在于寻找生命的意义。会有人说："你这是故弄玄虚！"其实不同的人总有不同的回答。也许，当你赋予生命以意义之后，生命就有了意义；也许，生命的意义真的只存在于不断地思考和寻找的过程之中；也许……

@晴天娃娃：生命是一段不断成长与完善的快乐旅程。

@广厦寒士：不同阶层中的人有不同的回答，同一人在不同处境下又有不同回答。既如此，生命的意义就在于好好地活下去。

@丽水子民：生命的意义在于追求自己和自己周围人的幸福。追求自己的幸福是一致的，人与人的差别在于"自己周围人"的多少。

21

"太阳为什么要下山？因为月亮要出来了。""月亮为什么要下山？因为太阳要出来了。""花儿为什么要凋谢？因为果实要结出来了……"有生命的事物，对生命的拥有却总是有限的。这种自然天律，教会人类懂得爱与珍惜……

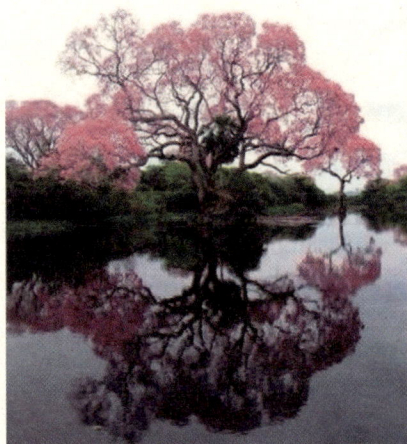

@水里的鱼：自然万物博大浩瀚，它承载得了各种起伏沉落，而人类呢，因为渺小，如若不是到了终了之时，又怎能懂得？

@如是我闻：呵呵！事物的观感总有不同的说道！人思不止新永复新！珍惜是得放弃也为尊！不同的事物放在不同的角度总会有不同的观感！不同的观感站在不同的立场又会滋生不同的理论言谈！正所谓致知在格物者！言欲致吾之知，在即物而穷其理也！

22

如果只有在确定不会被欺骗时才去信任，那么世界就没有信任；如果只有在明确有回报后才去爱，那么最美好的爱已无声流失；如果只有在看清了结果后才去行动，那么最佳的行动时机已错过。要相信：即便可能被欺骗，也应给出第一份信任；纵然可能没回报，也要投入真诚的爱，去承担付出的责任。

@肖仲华：如果受骗了，得一份伤痛就多一份成熟。炽热型性格的人大多如此，失败比成功多，但收获比失去多。

@韩志强："量敌而后进，虑胜而后会，是畏三军者也。"此谓失之勇也。信任是一种勇气和机遇，"三思而后行"反倒与机遇失之交臂。

@在水一方lqf：风险人生何处无！正因为未来的不可预知，充满奇迹，我们才奋勇拼搏，开拓创新！

@知识分母玚玚妈：不是因为看到希望才去坚持，而是因为坚持才会看到希望，共勉。

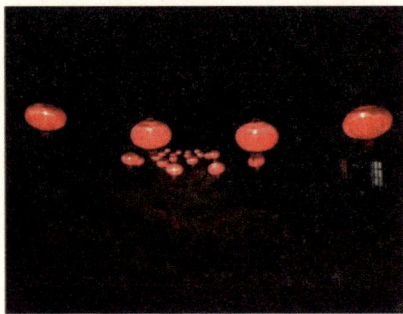

教育观察

\# 教育理念 \#

\# 治学之感 \#

\# 良师益友 \#

part three

十年树木，百年树人，教育是社会发展中永恒不变的话题。言传身教，呕心沥血，为教育者唱响的歌谣永不停息。

【教育观察】这章分为三节。第一节 # 教育理念 #，重视学生人文素质修养，着力提升学生综合能力。第二节 # 治学之感 #，身为教育者的观察感悟，多年教育心得娓娓道来。第三节 # 良师益友 #，铮铮益言寄予殷切期望，谆谆教导尽显师长风范。将目光投射于教育的现状，去感受、去探讨现今教育的问题，一起走进教育的天地！

【编者语】

昨天接待复旦大学著名学者陈思和教授，他专程来做人文教育的学术报告。相信他的报告一定精彩。我认为不仅人文学科的童鞋该去听，其他学科的也该去听。不能从功利的"有用"角度去听报告，人文教育乃关乎精神、心灵的素质教育，有时比"有用"的专业学习更重要。科学素养与人文素养融合才能造就高素质人才。

@曲明：陈老师当年独出心裁重新编写的《中国当代文学史》，我们班级几乎人手一册，我是学中文的，现在想想，大学生的确十分有必要增强人文精神的培养，大学不仅仅是教会人知识，更应该教会人做人，做一个有独立思考精神、有明辨是非能力的大写的人，这也许是人文精神给我的最大的触动。

@蒋承勇：心灵广阔了，可以装得下世界！

02

哈佛大学校训"与柏拉图为伍，与亚里士多德为伍，更重要的是与真理为伍"，透出了浓重的人文气息。美国一些普通大学与常春藤大学在知识、技能培养方面差距不大，更大差别是后者更注重人文修养熏陶和人格培养。哈佛大学就把人文修养的培育作为育人之本。启示：大学教育限于专业知识和技能学习是不够的！

@寿程虹：大学的人文气息的确对人格塑造起到了关键的作用，虽然摸不着看不到却根深蒂固，影响终生。

@彭少健：各类高校，无论是医学院校、农林院校、工科院校，还是体育院校、财经院校，当然也包括传媒院校，都应重视学生人文素养的熏陶和培育。

@王建华："修德"才能"求真"。

@曲明：值得国内的大学学习，就像我们一个以工科为主的院校，一定要上音乐表演专业一样，让学生在校期间听 3—5 场高雅音乐会，看几场创意作品展，无形之中学生的人文素养就提升了，耳濡目染，习惯成自然。传统文化和人文精神相信慢慢会成为大学里最受人欢迎的课程。

03

    香港中文大学副校长徐扬生说，该校"融合中国与西方，结合传统与现代"的立校理念，主要通过开设千余门通识教育课来落实，效仿了牛津、耶鲁大学等名校。通识教育主要培养科学与人文之综合素养，助学生精神成"人"。从学生"可持续发展"之"潜能"培育上看，其重要性超过了专业技能本身。

@蒋承勇：人文教育要求你生活得明白，她使你探索和定义所做的每件事情背后的价值，使你成为一个经常分析和反省自己的人。而这样的人有足够的能力去掌控自己的人生或未来。

@阮璐：用女子来作比。专业教育是一个天生丽质的女子，肤白貌美气质佳，但徒有好皮囊。人文教育则是她后天的修为，修身，养性，积德，攒慧，才成就了蕙质兰心的魅力……

04

    加州理工学院（CIT）虽为理工类大学，却有厚实的人文基础，280位院士中80位是人文科学的。迄今，世界顶级大学的人文科学都有悠久历史和突出地位，这有利于学生接受人文教育与熏陶。人文教育是人才培养的基础，也是自然科学研究与发展的基础。人文教育重在培养学生的德行、智性与智慧。

@单眼看世界：很对，虽然你不要求每个理工科的人都掌握人文知识，但人文氛围是必需的。

@蒋承勇：人文素养通常指人在人文科学方面达到的综合素养的水平与境界，主要由人文知识、人文思想、人文方法、人文精神构成，其中，人文精神是核心内容，有时它也泛指人文素养。

　　人类文明发展有三大主动力：科技革命、文化艺术革命、哲学革命。国人对首项动力认识颇深，对后两项认识却不足。此乃传统价值观和思维方式使然，亦为民族创新能力匮乏的重要原因之一：过于追求功利与实用。由此警示：人文不日新，科技难日新；科技创新能力未必是科技本身之事。教育者、受教育者亦当深思。

@扬扬其乐：文艺与哲学在当代是被曲解、断章取义而粉饰天下的。钱老之问，创造力之匮乏，症结均在当代教育唯利是图之驱动。文化艺术革命与哲学革命呼之欲出，科技发展到一定高度之必需，屹立于民族之林之必需。

06

　　在我国，科学素养的重要性是公认的，人文素养的重要性却是"隐性"的和非公认的。就大学生而言，良好的综合素质应该是包括专业知识在内的人文素养与科学素养的融合。因此，学理工的要提高人文素养，学人文社会科学的要提高科学素养，这种交叉互补学习是必要的。

@蒋承勇："专业崇拜"现象背后隐藏了急功近利、实用主义心理。从学校方面讲，这有悖于大学精神；从学生方面讲，则是成才理念有失偏颇。不可否认，就业很重要，上大学不考虑就业是做不到的也是不应该的，但狭隘的"就业""找工作"不是上大学的全部，而综合素质才是根本。

@杨军：科学精神与人文精神需要相互补充，如同理性和感性相辅相成一样：前者是有限的逻辑，后者却是无穷的可能。

07

人文教育是为了让人生活得明白和有意义，因此人文教育的目的不只是增加知识，而是培养一个人的思辨和判断力，学会用知识和智慧思考，学会如何做人、如何面对社会及自然，学会探究你做的每件事背后的价值与意义，而非满足于物质性功利。这种思考与探索都不是仅用简单的公式和数字可以完成的。

@简易：人文主义和科学主义均不能走向极端，科学的人文和人文的科学是让人类从蛮荒走向文明的一对 DNA！

@聪敏木头人：现在缺少的是人文教育，人不仅要掌握知识，而且要有独立的判断力，要用智慧去思考问题，要学会如何做人和做好每一件事。

@陈春发：教育应更多地关注人，以人为本。但教育最容易被功利化，被转移到对物质的关注。

08

大学教育不仅是专业教育，更是素质教育。健康的心理是一个人素质的根本，是成为优秀人才的前提。从事心理健康教育的教师是大学生心灵的呵护者，他们给学生以心灵的阳光，促学生精神成人，为培养高素质人才而辛勤劳动。所有的教师都要关心大学生的心理健康，让我们的学生——专业成才，精神成人！

@sandy：可挖掘"诚毅勤朴"校训在新形势下的内涵并结合到心理教育中去。

@藿香：同意。大学要培养的和社会需要的是有德有才的真正人才，如果说无德无才或有德无才的学生是大学教育的遗憾，那么培养出无德有才的社会毒瘤才更是大学教育的最大失败。

"文化的人"之"文化"概念，主要指科学素养与人文素养的融合。科学素养的重要性是公认的，人文素养的重要性却是"隐性"的和非公认的。不过理论上有一共识：自然科学与人文社会科学如列车之两轨，让人类驶向文明的彼岸；同理，人文素养与科学素养似大鹏之两翼，助人才展翅高飞。

@ 蔡荃：文化人的特征：有品位、有道德、有智慧。

@ 蔡荃：品位反映了一个人对自己的认识；道德反映了一个人对别人的认识；智慧则反映了一个人对自然的认识。

@ 裴冠雄：人文素养与人的修养、道德品质紧密相关！

10

就大学生而言，良好的综合素质应是人文素养与科学素养的良好融合。但说句实在话：在当今实用主义、功利主义、物质主义、消费主义、享乐主义较为盛行的环境里，部分大学生的综合素质存在欠缺是客观的，也是难免的。"大学生综合素质欠佳"既指人文精神的缺失，也包括了科学精神的缺失。

@ 严晓东：人文素质是个人与社会以人生存发展为导向的正反要素中普及化的交集；是个人与各种社会群体及组织生存发展的参照坐标，即所谓的经纬天地；是个人与群体的 GPS，成不成人就在于能否在人的社会轻车熟路行动自由，而不要父母长辈甚至朋友帮着才会走，摆脱稚嫩，有勇洒脱。

11

中国古代，人文与天文相应："观乎天文，以察时变；观乎人文，以化成天下。"（《易经·贲卦》）天文与人文之相应，大致也是文明史上的"文化"与"自然"相应，现代文化史上的"科学"与"人文"相应。"相应"意指相反而相成、相对又相融。其实，科学未必无人文；人文未必非科学。

12

"人文素养"通常指人在人文科学方面达到的综合素养之水平，它通常由人文知识、人文思想、人文方法、人文精神等构成，其中，人文精神是核心内容，它是人类文化或文明的真谛所在；民族精神、时代精神从根本上说都是人文精神的具体表现。人文精神有时也泛指人文素养。

@王燚枫：科学素养只是满足了生存赚钱立足的需要，包括严谨、责任、广博，而人文素养则是满足作为人活在世上需要的精神渴望、人生价值，包括喜怒哀乐的统筹及世界观等。只有具有人文素养，活在世上才会觉得心灵充实。也许，你只是个小职员，但是，只要你有好的人文素养，那就可以活得很幸福、很满足。
@谢晶-里格-zjnu：大学生在大学时代除学好专业知识外，更应注重"人文素养"的培养！

13

人文知识指人文科学基本知识，如历史、文学、艺术、哲学、宗教知识等；人文思想指人文科学基本理论；人文方法指人文科学特有的重定性、体验的研究方法，学会用人文的方法思考和解决问题，是人文素质的一个重要方面；人文精神指由人文思想、人文方法产生的世界观、价值观基础。

@裴冠雄：人文知识、人文思想、人文方法与人文精神！
@冯一秦："人文精神指由人文思想、人文方法产生的世界观、价值观基础。"朴素的，简单的，直接的，亲历的——这些与环境息息相关，引入"人文精神"，能够更客观、更科学地树立世界观、价值观。这是唯物辩证地认识我们周围世界的工具或途径。

14

人文精神的主要表现是：在人与自然、人与社会的关系上强调以人为本，生命价值优先，人重于物，是一种人本（人道）主义；在认识和实践中强调人是目的，以满足人的各种需要为原则；在精神与物质关系上强调精神重于物质、超越物质；在人与人的关系上强调尊重人格尊严，倡导人人平等。

@冯一秦：佛祖说，草木皆有佛性，一花一世界，一叶一菩提。现代科学研究也表明，植物有情感，彼此间有交流，危险临近时植株间有化学物质的交换和传递。统一两者的或为"道法自然"。
@裴冠雄：人重于物，以人为本，精神重于物质！

15

"我有一个梦。""我们都有梦。"梦想给梦想者以希望；希望给希望者以力量。有梦想和希望的人生是多姿多彩的；人生的不同阶段，其色彩是不一样的。

@张永升：有梦没想法，那是南柯一场梦；有梦不实施，那是庄生蝴蝶梦；有梦有希望，那是中国富强梦。背起梦想行囊，激情化作翅膀，才能人生圆梦。

@雪子：梦是斑斓的，实现是艰难的，只要坚持，总会梦圆的。

@柏拉图的海：以梦为马，拥梦翻山越岭。

@蒋承勇：以梦为翼，随梦穿云破雾。

16

大学人文教育是关于人的精神、心灵的素质教育，某种意义上它比专业教育更重要。因为，一个专业基础知识与技能扎实而又有良好的人文素养的高素质人才，才有可能成为具有创业创新能力、持续发展能力的"人"，而非"器具"，也就是成为前面讲的"专业的人、文化的人、世界的人"。

@赵妪：一个缺乏人文素养的人，是一个残缺的人。

@冯一秦：一个专业基础知识与技能扎实而又有良好的人文素养的高素质人才，才有可能成为"国之拂士"。另，国人今时今日对创新提得太频繁，未必诸事都很科学，有些事非"不世之才"不能为之，此前萧规曹随又有何妨。对前辈们来讲，培养出"利而不害，为而不争"之后生，幸甚。

何谓人文素养？先得说人文科学：研究人自身，特别是人的精神文化活动的学说或理论体系。"人文"通常指出自人类自身的各种文化现象，特别是指人类精神世界。用科学态度与方法研究各种文化现象，特别是人类精神生活、精神文化现象的学问，就是人文科学，主要含文、史、哲、宗教等。

@冯一秦：忽然想起一句话：人类一思考，上帝就笑了。察人知己，在认识自己之后，一个人应该会比较同意接纳自己，或好或坏，林林总总，也会更淡定、泰然，做事也会比较客观、理性，但能否把握大义，行当行之事，还要再看。

@兔子："人的自身""以此延伸出去的科学"。

18

在文明、文化史的研究上，人文主义关注人的生命之价值和意义，与"科学主义""物质主义"相对；人文主义关注的是价值理性和目的理性，与科学主义的"工具理性"或"技术理性"相对；人文主义追求人的精神的理想主义或浪漫主义，与科学主义的实用主义、功利主义相对。

@刘德威：科学主义追求实然，人文主义追求应然。科学解释为什么会这样，人文告诉我们应该怎样。

@方舟：现在很多大学生更偏向于学习经济、管理方面的知识，因为他们认为这些知识更有实用性，然而忽略了人文主义精神的培养，也许那些人能成功，但绝不会有巨大的成就。

又有同学问：如何培养人文素养，提高综合素养？首先我要谈谈通识教育的重要性。通识教育让学生能通达不同领域之识，形成完整、完美的人格；除了掌握理性知识以外，培养人的情感、意志、责任等。通识教育不局限于某专业的知识与技能的获得，更着力于综合素质和全面人格的培养。

@裴冠雄：静下心来体悟生活的意义，拥有自我意识和反省能力！

@张东：有了人文知识的基础，我们不妨把人文素养看作是工具，用它来开山辟路去寻找人文精神。

@金勺胡文龙：学点哲学、学点历史、学点法律。

20

"天下兴亡，匹夫有责。"每个学生如果都说：学校秩序不好，我的责任；国家教育办不好，我的责任；国家不强盛，我的责任……若人人能主动负责，天下哪有不兴盛的国家？哪有不团结的团体？所以，每个学生都应该把责任拉到自己身上来，而不是推出去。

@Jobs 墨颜：如果政权制度能这样感慨无是，中国官员能这样感慨无私，教育工作者能这样感慨无失，人民币下人民能这样感慨无事，正能量默默无闻做好自己。

@陈为人 cwr：教育工作者就要引导学生逐渐学会担当社会责任。

@麦田守望者：达济天下，独善其身。

网络技术已进入课堂教学，一定程度上推动了教改与人才培养模式更新，但其作用的发挥目前还十分有限，使用不当也削弱了课堂教学应有的鲜活性与人文性。人类每一新发明总是如灯塔一般引领一个时期文明发展新方向。对高等教育来说，网络应用必是教学改革新的生长点，加大开发，必然前途无量！

@伤感花心：遥望星空，永留启明星在心中；无月黑夜，不至于迷失了方向。每个人心里都应该有一盏永不熄灭的灯。

@浙江工商大学社团联合会：希望网络技术的优势可以更好地体现在师生交流、学习资源分享等学习辅助方面。

@叶政权：网络课程开发除了课程专业学科之外，还需要教育学、心理学、传播学、计算机技术、网络信息技术等多学科支持，开发团队配合是个难题。

02

叶芝："教育不是注满一桶水，而是点燃一把火。"各类教育，知识传授无疑很重要，但更重要的是心智开发与灵魂启迪，让受教育者领悟什么是真理，如何追寻真理，领悟什么是生命及其价值，如何尊重和珍惜生命包括自己与他人的生命。教育让灵魂之火烧得纯青，生命也因此更显灿烂。教育永远是关乎人的灵魂的事业！

@王懂礼：大学不只是储存知识的仓库，而且是人类精神文明的摇篮；大学教师的教育不只用一桶水灌满一碗水，更是点燃学生探索真理和寻找生命意义的激情之火；大学不是停留于培养实用的工具，而且是引导人性渐趋完善，提升精神，点燃灵魂之火。

03

"探索真理的权力也含有责任：你不能隐瞒你所发现的真理中任何一部分。"（爱因斯坦）"有几分证据说几分话。有七分证据，不能说八分话。"（胡适）诚实是做人的道德原则，更是治学的基点，大学教育中要始终恪守。好学风其实很简单，不需华丽色彩，不必豪言壮语，只需能走漫漫长长坚实的路。

@蒋承勇：简单的真理做起来着实很难，所以，通往真理的路总是"漫漫长长"；但坚实朴素地跋涉还是有望把路程缩短。

@张国星：有人说"心教育"是关注人的心灵的教育。"心教育"是提倡"关注"人的心灵好，还是提倡"感化"人的心灵好？这个问题值得探讨。要使受教育的人养成美好的心灵，那么教育者首先要有美好的心灵。对于言传身教而言，身教重于言传，所以"心教育"必须提倡"感化"人的心灵为好。看法如有不妥，请斧正！

04

教育工作者在任何时候都要用自己心灵的阳光温暖学生，点亮他们希望之心灯，向上向善，而不是相反。生活从来都有严峻的一面，也因此才需要希望之光照耀着往前走。

@陈世权：赞赏。教育的使命之一，就是要让每一颗年轻的心鼓满理想的风帆，前进在人生的海洋上！

@玫瑰：教师要像传教士那般对信仰忠诚，对教徒热爱，对事业执着，这是每个一线教师所思所为！但是，教育的作用本身是有限的，教育也具有不可教育性。

@安：教育工作者肩上负的责任远比想象的重，他的言行影响孩子的一生。

@洪进建：教育工作者首先要有一颗阳光的心！

@财大小兵邵慰：著名文学家夏丏尊先生说过："教育之没有情感，没有爱，如同池塘没有水一样。没有水，就不成其为池塘，没有爱就没有教育。"用情感和爱上好每堂课。

05

前不久李克强主持召开国务院常务会议决定：提高重点高校招收农村学生比例；多措并举，使更多优质高等教育资源惠及农村、边远、贫困地区的农家子弟，让更多勤奋好学的农村孩子看到接受高等教育的希望。教育公平彰显社会正义，国家和政府是落实和推进教育公平的原动力。

@禁毒调研专席：比例的提高，相对来说农村人应该高兴，但我却没高兴的感觉，因为这制度来得太晚太晚。他们为何以前就不懂得重视农村学生？让很多的青年学生带着埋怨走入社会，消极面对人生，前途尽毁，给国家带来不可估量的损失。

06

"专业崇拜"现象背后隐藏了轻视或忽视综合素质培养的急功近利心理。从学校方面讲，这有悖于大学精神；从学生方面讲则是成才理念有失偏颇。对此有人批评大学生成长过于"机器化"，这是不无道理的。这需要各方面引起重视。不禁想起了教育问题上的"钱学森之问"……

@慈溪先锋：钱学森个案的可复制性基本没有，重要的是不要过高评价大学教育的价值，应当回归人本为主的价值思考。学生作为社会人的主体性塑型可以在一所大学成就，这所大学就是伟大的！

@范昕俏："专业崇拜"也让很多学生放弃了自己内心深处曾经追随已久的梦想……

07

从大学教育看"钱学森之问"，专业崇拜、轻视综合素质培养是问题之一。我说"大学教育在根本上是素质教育"，并非轻视专业教育、就业指导等工作的重要性，而旨在强调人才培养的全面性，强调要培养人格完整的或全面发展的"人"（well-rounded person），而非专业"工具""机器"。

@柏拉图的海：文化传承与创新是大学的重要功能，而文化的本质就是育人，育"全人""自由的人"。

@叶松：全人教育旨在培养具有广博知识背景，能独立思考，能解决实际问题，具有社会责任感、价值观念和道德操守，完整健康的人。

08

有人说，三流大学靠人治，二流大学靠制度，一流大学靠文化。这说法未必准确，但表达了文化在大学管理中无形的塑造灵魂之作用。文化积淀深厚的大学会培养出更有思想头脑的人。普林斯顿大学内有一组无头人群雕，寓意为：学生毕业后不要成为没头脑、没思想的人。学校之魂是文化，人才之魂是思想。

@余味：文化造就思想，文化创造头脑。学校深厚的文化底蕴是学生的福祉。

@刘秀丽：高校应培育什么样的文化？学生应具备什么样的思想，怎样培养？值得思考！各校除了共性是否也要有个性的东西？

@罗崇敏：中国大学最需要什么？最需要修养。要坚持人本立校，以道观校，以品铸校，职能兴校，民主治校，机制励校，环境冶校。

09

  大学不只是储存知识的仓库，而且是人类精神文明的摇篮；大学教师的教育不只是用一桶水灌满一碗水，更是点燃学生探索真理和寻找生命意义的激情之火；大学不是停留于培养实用的专业专才，而应培养人格完满的"人"，大学教育要引导人性渐趋于完善，提升精神，点燃灵魂之火。

@洪昀：三流教师只懂得灌输，二流教师教人方法，一流教师是提升学生的灵魂。

@陈宏毅：学生的内心有火种，大学和教师要通过各种方法去点燃它。燃烧吧，青春！

@徐金波：我也来说说大学的人文素养，记得北大校长蔡元培说过，"思想自由，兼容并包"，其实这就是对大学最好的概括。大学既要有一套制度"管理"，又要有一套制度"纵容"，"纵容"学生在学术上"犯错"，"纵容"学生敢于表达自己的主张，尽管这主张很难被主流的体系所包容。

10

  教育事业在根本上是关于人的灵魂的事业。也就是要让人性趋于更完善，使人格趋于更完美，进而使人生更富有价值与意义。我以为，真正的教育是让每个人成为自己，使人成其为人，而不是成其为"器具"。这是教育观念上真正的"以人为本"，是教育的人性化价值取向。

@俞明祥：为每一个有梦想的学子提供成长舞台，为每一个有追求的学子构筑成人港湾，为每一个有准备的学子创造成功机遇！

@阮璐：学校、老师、社会、家长也要给予学生充分的信任和尊重，多多放手让学生去想、去做、去尝试，这样学生才能懂得自己、找到自己、做自己。如果一味地将学生当器具去填充、修饰、装裱，那么学生永远无法成熟成长！

@严毛新：教育的"以人为本"不但要重结果，而且应当重过程，教育的过程应当充盈着人性化的价值取向，处在大学校园的每个学生应当得到更多作为"人"的关怀，这关怀不但需要理念、口号，更需要机制，可能目前这种机制还显不足。

　　大学生的成"人"可具体化为成专业的人（有扎实的专业知识与技能）、文化的人（科学素养与人文素养兼备、综合素质优良）、世界的人（有走向世界与接纳世界的能力与胸怀，有民族之爱与人类之爱）。"专业的人、文化的人、世界的人"就是人文素质和综合素质优良的"可持续发展"的人。

@余姚青年中心官方：综合素质的提高，包含着方方面面，学校、家庭、社会都有责任，但学校引导是关键。我认为现在的多数学校只做知识的传授，真的太欠缺素质培养了。青年期的引导得当比多学点知识更重要。

@洪昀：耶鲁大学的学生四年里必须有一年国外学习的经历，因为他们校长认为只有在一个完全陌生的环境里，能够认同对方的文化价值，才能成为一个心胸宽广之人，一个领袖。我想这也是对文化的人、世界的人的一种理解吧。

@蒋承勇：这三者是有机的三位一体，当然也有依次递进之关系，不过，一般来说，不宜于用"哪一个更重要"这种思维方式思处理这种理念性问题。

01

辜鸿铭到北大任教时，仍然留着小辫子。首次上课进教室，即引来学生哄笑。他镇定自若，待笑声过后说：诸位不必笑，我这小辫要除容易，但诸君心里那辫子要除却难。众生哑然。耐人反思的是，至今我们许多人依然如那些"学生"，指责种种不良义愤填膺却总把自己置身其外。消除某些劣根，需要人人从我做起！

@蒋承勇：一个民族、国家和社会普遍存在的社会风气问题，要靠其中的成员共同去改造。人人从我做起！

@俞明祥：胸怀大我，践行小我；我为人人，人人为我；人间处处皆有真善美，民族必实现伟大复兴！

@黄继满：蒋校长说得好！读后启示：1.文明的推进是艰难的；2.文明推进不能停留在表面；3.这是社会行为，需要人人参与；4.教育和引导很重要。

@何贤桂：大学之大在于宽容，当年北大能容纳辜鸿铭，可见雅量。民国教育重要特征是自由、独立、宽容、理性，是"人"的教育。

02

完成规定的专业课务很重要，但别画地为牢，只为考试、考证、交作业、交论文而读书，读大学的含义远不限于此。好学生不仅看他专业课务做得如何，更看他课业外还干了什么。后者也干得好，将来最有可能出类拔萃。为学亦闻窗外事，做人须读圣贤书（中外经典）。暑期读书好时光！

@尚贞涛：大学是人生一个分水岭，好学活学之学生与死学逃学之学生可能会拉开很大差距。把握好这四年就把握了人生一个好助跑。

@richful：大学生求学应遵循"博而深"原则。博，以专业课程为中心，向外扩展，形成梯次，根据自己学习能力定其广度。深，扎根实践，从实践中来，到理论中去——带着问题读书；然后从理论中来，到实践中去——学以致用。充分利用假期，去实习、打工、总结、反思、检讨、分享，在磨炼中成长！

"当你在准备任何类型的学术论文——包括口头发言稿、平时作业、考试论文等时，你必须明确地指出：你文章中有哪些观点是从别人的著作或任何形式的文字材料上移入或借鉴而来的。"（《哈佛学习生活指南》）学术规范体现着从业者的职业操守，维护着科学的神圣与思想独立。敬之，畏之，守之。

@李永红：好论文有两个关键：一是纯正的问题意识，二是严格的学术规范。蒋老师说的学术规范很重要，是论文的程序要件；问题意识，是论文的实体要件。

@吴凯：两个要件同样重要，学术规范是一种道德操守，问题意识是一种道德体现。

@王兴杰：电影五朵金花中有一段歌词：青松直又高，宁断不弯腰，上山能打虎，弯弓能射雕，跳舞百花开，笛响百鸟来。告诉我们品格、专业、兴趣爱好都很重要！

04

朱镕基对清华学子说："为学与为人，为人比为学重要。为学再好，为人不好，也可能成为害群之马。"（《朱镕基讲话实录》第四卷，第161页）如今人们对专业成才的重要性有充分认识，而对精神成人（为人）重要性的认识常流于表面，这是社会性的严峻问题，为生、为师、为家长者均须思之、戒之、共纠之。

@哲人世家：与其教育人知识，不如教育人智性；与其教育人获取成功，不如教育人如何生活。因为知识是死的，而智性是活的；因为成功者并不多，学会生活才是必需的。

@齐放大姐：先贤在《弟子规》总叙中就说道：弟子规，圣人训，首孝悌，次谨信，泛爱众，而亲仁，有余力，则学文。说的就是这个意思。

05

洛克菲勒教子之道：孩子们从小得自己挣零花钱——打苍蝇 2 分钱，练琴每小时 5 分，除草 10 根 1 分。长大成人之前他们从没去过父亲办公室和炼油厂，不知父亲是大富翁。为了让孩子们学会相互谦让，只买一辆自行车给 4 个孩子。启示：自我独立、精神富有，是年轻人最宝贵的财富。你说呢？

@吕雅婷：在世为人，谦虚者胜。站得越低越稳当。如果没有家族的传承和教育，我们需要的是立地成佛的勇气。

@蒋承勇：教育理念的差异，值得体味与讨论：勤俭、自立、劳动意识也寓于其中。利耶，弊耶？

@祖识地德：自我独立、精神富有、富有爱心、敢于担当，是年轻人最宝贵的财富。

06

从远大志向而言，上大学不只为养家糊口，更是为自我价值的实现。一个综合素质优良的人虽未必就能赚大钱，但总体上能力素养提高了，人生追求目标也更高了，自我价值的实现以及对社会的贡献可能会更大，其实从长远看是生存能力更强。综合素质优良的人多了，民族的创新能力就强了。

@慈溪先锋：学识与技能往往既统一又矛盾，现在社会上对技能人才越来越重视，对受过正规文化教育者却往往存在认为其"中看不中用"的偏见。对于这种现象，请问蒋教授，作为校长，您如何看待这个问题？在校大学生要增强社会生存能力，您觉得有什么好的法子？

@蒋承勇：中等层次的技术人才紧缺，这是社会人才层次结构的问题。大学生与职业技术学校培养的人才有差别，但大学生也要提高实践能力。任何层次的学生，一毕业就完全"中用"是不切实际的。

07

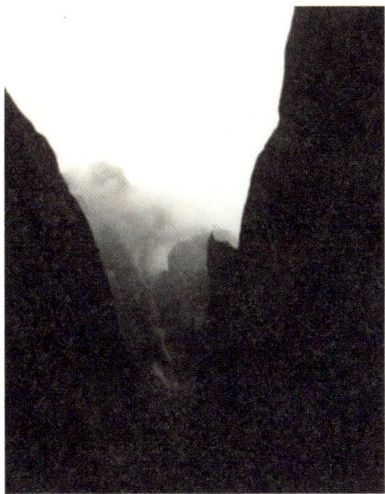

"中国大学生在四年时间里最关心的几乎只有一件事——工作，所以永远出不了乔布斯。"（王晓渔）此语有些尖锐却发人深省。大学生关心就业与工作也合乎情理，但因此把学习狭隘地圈于专业知识与技能的积累，轻视或忽略综合素质与能力培养，其发展潜力和创新力将受影响。要重视宽度与厚度。

@蒋承勇：生存与发展互为依存。自我的成长既有宽度又有厚度，那么既有利于生存，自然也有利于发展；创造性地生存与发展！

@楼新江：重视宽度和厚度，理是这个理，但何其难。

08

"合抱之木，生于毫末；九层之台，起于累土；千里之行，始于足下。"新学期新起点：让生活中的积极因素积累于点滴之间，你会离目标越来越近！

@灵海-家耀：宁静的草坪，辽阔的天空，如画的风景，崭新的起点。

@蒋承勇：天下无难事，只怕有心人。

@陈忠来：从小事做起，积少成多；从今天做起，持之以恒。人生的成功不在于你有多高远的理想，在于你能否坚持良好的习惯。

@李永红：人生大概如图片中的道路，希望可以顺利抵达目的地。我想大学的任务或在于：如何修好路（自然科学），如何设好交通标线和通行规则（社会科学），碰到剪径的或者滥用权力的警察该咋办（规范科学），最后，最重要的是，人生就像一场旅行，不必在乎目的地，在乎的是沿途的风景和看风景的心情（人文科学）。

09

儿童节的思考——"中国：小学累，初中苦，高中拼，大学混，玩的年龄被逼学习，学的年龄在玩。欧美：小学玩，初中混，高中学，大学拼，玩的年龄玩，学的年龄学。"这种对比未必合理，但引发对"赢在起跑线上"的思考。人生是一场长途跋涉的旅行，太看重起点，未必赢在终点，未必走得更远。

@声音：事事都是辩证的，物极必反。小孩教育应该遵循人类成长的自然性和生态性原则。所有打破自然规则的行为和活动，短期看似成功了，但是，长期的结果恰恰是相反的。

10

美国华盛顿有一所精英高中，其校训是"为了别人的人"，意在将富裕家庭的孩子培养成能够为社会服务、为他人着想的人。这里的教育传达着这样的理念：真正的财富是通过为别人提供服务而获得的报偿；致富的正途是首先理解他人；如果你想成为未来一代的领袖，就必须学会做一个"为了别人的人"。

@蒋承勇：能够经常为别人着想的人是有前途的人！
@邱宁：换位思考，悦纳他人。
@闫文浩：为人的过程正是发展自我的过程。
@叶松：公民意识＆社会责任＆人文情怀。
@涂建明：记得有一句歌词：只为自己活着的人必将被世界抛弃！

11

供大一新生参考：上大学不一定能升官发财，但可以改变你的人生轨迹，提高你生命的质量；读什么专业不是最重要的，重要的是提高你的综合素质，因为大学教育在根本上是素质教育；也因此，毕业后决定你成功与否的，不一定是你的专业水平，而可能是你的综合素质。大家还有什么好的建议？

@刘晗：不一定登高眺望是风景，但一定比原来看得远；不一定华山论剑，但和新老师、同学能思维撞击，重新组合人生价值观；不一定学问满胸，但一定秉承小善从流，阳光善良！

@洛神：说得好。专业只是一个努力的方向，人生没有一劳永逸的好事。一切的努力和修炼都是对自己日后的经历和成长的帮助，这不能用钱衡量。

12

就业很重要，上大学不考虑就业是做不到的也是不应该的，但就业不是全部或根本，除了为"养家糊口"的"生存"之外，还应包含长远人生价值追求（虽然不能要求人人如此）。因此，大学学习无疑要兼顾就业需要的知识技能和长远竞争力、创造力、可持续发展潜力等综合素质培养。

@lele 徐航烁：一直跟学生开班会说在大学四年中该怎么做，成为怎样的人才能更快融入社会，把养女儿的一些心得用上了，除了要：一、会说；二、会写；三、会做；四、具有核心竞争力……再加上一个必不可少的条件——博览，阅读，博学！
@谢晶-里格-zjnu：很赞成！

13

再说说读书习惯。别只为考试、考证、交作业而读书，好学生不仅看他专业课务做得如何、证书考了多少，更看其综合素质高不高。为学亦闻窗外事，做人还读圣贤书（中外经典）。广泛阅读专业课程之外的书，你将受益终生。有没有时间，关键在于你以何种理念去支配。

@刘晗：读读中外经典，对于你加大人生处世的境界开阔度有相当的益处！

@丁炜强：国人读书往往功利大于乐趣，所谓"书中自有黄金屋，书中自有颜如玉"。古人读书学而优则仕，读书冲着金钱美女，现在读书为了考证，何来乐趣？

@健康人生：时间是对重要性的分配，当我们认为某事重要，就会安排出时间的。广泛阅读也只要妥善利用好时间，如银行存钱，零存整取吧。

14

网络阅读快捷、丰富，要充分利用，但网络主要是工具。"屏读"可能缺乏系统和深度，因此不可代替"纸读"，否则人的精神世界会失去深度与厚度。要将有限的阅读时间多留些给"纸读"，因为任何学科的经典依然以纸质为主，而经典是人类知识、思想和精神的高度浓缩，是人类的精神家园。

@浙江工商大学：近些年来，阅读越来越向轻阅读、浅阅读、娱乐化阅读，乃至功利性阅读转变。失去传统纸质阅读，将会失去对精神的追求。

@方向明：其实，每天静下心来读几页书，是一种享受。

@刘渭锋：电子书方便易携，但是因为存得太多反复选择而不能完整看完；纸质版书一本30多块，看起来也不方便，但是经典好书多纸版。这一直都是令人困惑不好抉择的。后来弄懂了，没必要肯定一个否定另外一个。两个都是手段，喜欢哪个，生活环境适合哪个，随意采用。关键是看了多少书，看了什么书。

15

　　隐性时间与创造力——隐性时间即自己可以用来进行思维的业余时间，比如，走路、吃饭、乘车时就含有隐性时间。看书并记住书本或课堂上的知识是记忆，而推理和深入思考可以获得与众不同的理解。若能把隐性时间适度用于思考，那么你不仅延伸了时间的长度，且会获得更多的发现与创造。

@蒋承勇：如何支配隐性时间，取决于一个人的性格，而性格是可以养成的。性格决定命运！

@孙芳：支配隐性时间也应有个度，如开车时一不小心那就闯黄灯啦。

@苦寒心：人生，拥有的时间的长短取决于自我心灵的明白。明白的人，可以拥有的时间多。

@扬扬其乐：人与人之间的区别是看第三个"8 小时"在做什么。

16

　　所谓的"脚踏实地"就是：欣赏天上的云彩，但不要让自己也轻盈地飘起来；羡慕大地的辽阔，但不要让自己的欲望也膨胀起来。

@栖霞飞：偶尔飘上去也不错，会有另一种风景，但是要记得沉下来……

@徐孝平博客：彩霞红得如火焰，日光灿烂耀人眼；无边江面披彩霞，岸上渔夫乐无边。

@竹乡先锋：在坚持理想中学会面对现实，盲目自大最终将无立足之地！

@迷雾水珠：自我的满足，始终隐含着巨大的贪执，使生命不断形成依赖、束缚和烦恼，从而失去独立，失去自由。解脱，是逐步解脱贪执，以及贪执形成的依赖，恢复生命的独立，恢复心灵的自由。

致将毕业的同学：毕业是一个包含了新起点的终点。因为从追求真理成就事业角度看，无论本科、硕士或博士毕业，都只是阶段性完成了某专业某层次培养与训练，标志着你具备了向更高层次探索与追求的能力与素养，因而毕业本身不是目的和追求的终结，而是新探索与追求的开始，这才是毕业的真正含义与价值。

@华紫黎：走上社会以后，学校所学的理论知识和实践往往存在很大的差距，作为毕业生，要抱着归零心态才能学到更多！

@李若飞：毕业只是取得阶段性成绩，只是为实践准备思维方式和当时的专业知识，以后还要参加实践，还要知识更新，还要在向目标迈进过程中不断总结经验，不断地进步，并为向目标迈进而奋斗，甚至付出生命。以后要走的路更长，更远，更艰难。

18 ···

致将毕业的同学：美国教育家杜威说过，"一切教育的最终目的是形成人格"。获毕业证书，不仅因你专业达到了要求，还因你品德上也达到了要求。但品德历练、精神成人比专业成才更需久长的时间。因此，与不断追求知识和真理一样，毕业后应不断完善自己的品德。高尚人格永远追求，她会助人成功并提升人生境界！

@傅念东：独立而完善的人格。人性缺陷的修复需要一个充满阳光、充满雨露、充满仁爱的环境，否则，人性往往覆盖尘埃，迷失真我。

@地球大学校长任秀红：独立人格是和他人与环境良好合作的基础。

@沙振浩：品德历练，精神成人，助人成功。

@陈浩：高校领导开辟"致毕业生"系列很有必要，向蒋书记学习。

19

致将毕业的同学：同学们胸怀抱负憧憬美好。应珍视这份来自心灵深处的呼唤与期盼，她永远是催人奋发的动力，促人向上的精神源泉！但这并不意味着你可以因此不去迎接严峻挑战，因为你在为理想去选择环境的同时也被环境与社会需要所选择。今天勇敢面对环境的挑战，明天用努力行动改变所处的环境，强者也！

@艳华：用努力行动改变所处的环境，自己好看才会穿得好看。修饰自己的灵魂比买衣服简单明了多了。

@陈颖：大学的教育让内心力量增强，尤其是百家百科讲坛，一流学者的熏陶，让心灵一遍遍地洗礼。

@蒋承勇："内心力量增强"很重要，这不只是专业学习能达到的，很大程度上靠专业之外，如各类学术报告。未毕业的童鞋要有选择地多听专业之外的学术报告。

20

致将毕业的同学：走出校门，等待你的未必是鲜花，也许是荆棘。社会竞争激烈，创业不易、生存不易、成功不易。把困难或困境视作对心智的磨砺和灵魂的提升，那成功的机会也许已离你不远。时光从不倒流，生命的长度终究有限，增其厚度则因人而异。新的跋涉开始，哪里出发无关紧要，重要的是谁走得更远！

@甘国峰：哪里出发无关紧要，重要的是谁走得更远！尽管走的过程当中会披满荆棘，但只要目标明，定位清，咬定青山不放松，通过不懈的努力，终归会迎来属于您的那一份成功和喜悦！

@小王：毕业时我哭了。进社会后再也接触不到像学校里的老师那么优秀的人了……

@林裕坤：其实成功并没有那么难！当然付出是必然，不要让那些所谓的传记书籍阻碍你去拼搏，因为那都是为了突出主人公的价值，保证书的销量，商业手段太浓。我创业以来一路虽有过艰辛但那也是一种别样人生，谁都期待拥有和经历，成功不算太难，不去面对一味退缩才更难。

@传仪：这是感悟的哭。带着惊异的泪花，你将乘风破浪在人生的太平洋上，一切全靠你自己了，保重！

致将毕业的同学：走出校门就要参与竞争。但真正的自由竞争是诚信规则前提下的公平角逐，而非为所欲为、不择手段的倾轧。规则，首先基于竞争者个体的诚信、良知和责任感。有人即使一时靠投机取巧获点成功，却未必持久和最终成功。侥幸的成功比暂时的失败有害。愿童鞋们成为持久的最终的成功者！

@冯超：作为一名即将毕业的学生，这番话让我受益匪浅。

@皮木：希望走出校门的童鞋诚信、公平，更应该让童鞋在学校期间就诚信、公平。

@传媒党委书记奚建华：对人以诚信，人不欺我；对事以诚信，事无不成。

22

致将毕业的同学：学业有成，你努力老师也付出。你头脑里延续着老师的思想与智慧，你的成长凝结着老师的关爱与期待。老师与学生、母校与学子从此结缘。如果母校是不断成长的常青树，你是树上充满生机的绿叶；如果母校是滚滚不息的长河，你是河里醒目骄人的浪花。母校和老师永远祝福你并期待你成功！

@高国华：临近毕业，再次谆谆教导！用心良苦啊！

@李若飞：出了校门就要在社会这所大学校里锻炼自己，自我修炼更重要了，千万不要忘了自我修炼，不能自我陶醉，认为自己是天之骄子。

@艳华：向老师致敬！真想再毕业一次！

23

告别五月。五月是红色的，五一、五四，劳动与奉献、青春与激情；五月是绿色的，仲春与初夏、生机与活力；五月是浙商大节日，百年华诞，盛况空前，见证历史，弘扬传统。告别孕育生机的五月进入活力充盈的六月，儿童般地去追寻绿色的梦！商大人，挥挥手告别过去的百年，带着自信与勇气去创造未来的百年！

@林裕坤：自信人生两百年，潇潇洒洒一百年，风风火火二十年，勤勤恳恳磊十年，你我相交皆为年！勇哥一起走过美的年！

@范范：蒋大人带领商大人走向辉煌，华丽转身，让商大人更儒雅，让儒雅人印上商大烙印！

@蒋承勇：一个激情而理性、和谐而进取的集体，不凭个人和少数人的力量，而靠集体的凝聚力和创造力步步实现新的梦想！谢谢你！

24

今天下午将举行浙江工商大学 2014 届研究生毕业典礼，谨以此语共勉——"人的一生中，你求上，有可能居中；你求中，则有可能居下；而你若求下，则必定不入流。所以在人生起步的时候，立志必须高远。要学雄鹰展翅飞，莫效燕雀安于栖。"

@陈红松：志存高远，取法务上！

@阿弥陀佛：老师说目标要比蹦着能够着的标杆高一节。

@何东玲：一直记得毕业时老师的话：以出世的精神，过入世的生活。

@蒋泓杰："取乎其上，得乎其中；取乎其中，得乎其下；取乎其下，则无所得矣。"如果一开始的期望是一流，最后达到的效果可能只是中流；如果一开始期望的只是中流，最后达到的效果只能是末流；如果期望只是末流，最后可能什么都得不到。所以目标定位很重要！

25

　　李嘉诚弯腰欲上车时，口袋里掉出一个硬币滚落到路边的井盖下。他让专人前来揭开井盖，小心翼翼在井下寻找该硬币，终于找到了它。李嘉诚"奖励"这位服务人员100元港币。有人不解，他这样解析：一枚硬币也是财富；而100元港币则是对服务的满意，也是该得的报酬。

@微微心语：我是老百姓。如果我是富翁的话，我会想法捡回硬币，因为那是我的钱，钱再少也是我用汗水换来的。我会付给帮我找钱的人报酬而且不能少，要多，因为他帮了我，而且他不如我经济条件好，我的报酬会为他解决小的经济负担。钱再少也要用在有意义的地方。

@韩志强：1元的社会财富没有浪费，还带动了100元的服务消费。

@金杨华：言传身教中传递了自己对待劳动所得的态度和财富理念，让大家明白浪费和消费的区别。

@张永升：一枚硬币多数人是看不上的，每个人都可有自己的理解，找到他的价值。但一定不要忽视小节，任何大收获都是从小事做起的。

@风雨江南雪：一枚硬币也是财富，是劳动所得，得珍惜。珍惜财富，更珍惜劳动得价值。

26

　　一年轻人求职。"我们不缺人，一个月后再来。"他一个月后来了。"有事，过几天再说。"他过几天来了。"你脏兮兮的我们不要。"他借钱买了衣服。"你不懂电器知识。"两个月后他学了电器知识又来了。"我干了几十年，第一次遇到像你这样有耐心和韧性的。"他成功了，他是松下幸之助。

@Celia：这就是所谓"锲而不舍，金石可镂"吧！

@黑板报：耐心和韧性，就是自信。

@马菲：智者创造机会，强者抓住机会，弱者等待机会，愚者才放弃机会！

@何其正：中国有句古话——再厚的城墙搁不住炮轰！只为成功想办法谁都会了不起。

社 会 关 注

聚焦热点

着眼当下

part four

"风声雨声读书声声声入耳，家事国事天下事事事关心。"处在风云变幻的社会时代里，我们心怀这个天下，心系这个年代。

【社会关注】这章分为两节。第一节 # 聚焦热点 #，把视角聚集于社会的热点事件，激扬文字，碰撞出思想的火花。第二节 # 着眼当下 #，密切关注时事动态，道出所思所想，探求进步方向。虽仅仅是些微言微语，却皆是审时凝思后的针砭时弊、真知灼见。

【编者语】

　　"中国的知识非常廉价，中国人不把读书当回事……只要中国人不爱书，不论经济怎么发展都可以小瞧。"（日本作家加藤嘉一）"中国成不了世界强国，因为中国只出口电视机而非思想观念。"（撒切尔夫人）可以肯定：一个民族之思想文化水平与其阅读习惯密切相关，一个人亦如此。书乃思想之花！

@ 海峡财经—李金耀：个人认为，读书，要知其理，懂其意，用其技。就目前来看，读书之人都太浮躁了，有几个人能静下心来读书？教育出来的，都是急功近利的。看书，超越书，能思考，会应用的，寥若晨星。

@ 颜兵：掌握共性规律才能实现自由和个性化！没有基础扯淡！特别是中小学教育！在国外学过教育学，觉得中国教育在"人"的培养、快乐学习方面还需要社会全体去关注、努力！但是不能放松对基本知识有质有量要求，这也是世界所关注的！

@ 江南客：读书话题似是长时段中受关注较多的选题之一。长篇小说《春尽江南》作者格非推崇陈寅恪观点："一个社会在变动的时候往往有两种人，一种人是拙者，还有一种人是巧者。巧者往往能获得大的利益，拙的人比较麻烦一点，会感到更多的苦痛。"但是，往往传统的价值是由拙者在守护，格非"更愿意关注这类人"。

02

　　日本人不太强调宣传集体、团队中的"个人英雄"，因为那会影响对其他个体成员之尊重和价值肯定，也影响其他人智慧的发挥，减弱集体与团队的凝聚力和战斗力。这是否有道理并值得我们借鉴？中国人个体能力普遍不弱于外人，为什么总被认为整体合力欠佳？

@ 希西公主：有一种说法——美国人喜欢打桥牌，讲究的是合作意识；日本人喜欢下围棋，讲究的是全局意识；中国人喜欢打麻将，讲究的是个人英雄主义。比喻不一定恰当，但这是否说明：我们有时真的缺少一种合作意识？

@ 海峡财经—李金耀：个人英雄主义和团队精神的矛盾，其实就是人本性和人的社会化之间的矛盾。个人英雄主义在工作中往往表现为个性的彰显，更包含有创造性的工作，以及企业员工勇于面对压力和敢于承担责任的勇气。个人能力的最大限度发挥，是个人英雄主义的最好体现。

03

萨达姆被处死已五周年。后萨达姆时期的伊拉克动荡不宁，宗教派别纷争激烈，民生难安。新的一年，是陷入更剧烈的动荡还是迎来和平的希望？是否会出现又一个"萨达姆"？拯救伊拉克的人道主义巨臂在哪里？谁来给战后废墟中的生命之花施肥洒水？

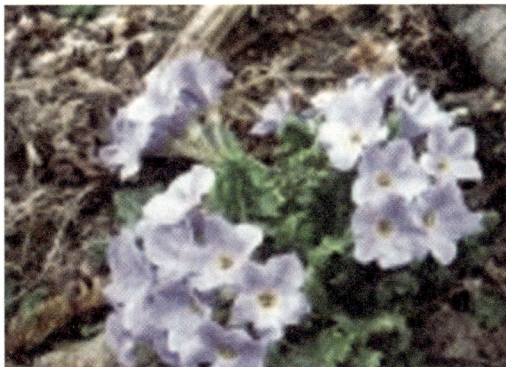

@老陈：在纷繁复杂和多元化发展的世界，民主与人道，是否有唯一的解释和统一的标准？人们应该选择尊重还是价值观的统一？

@叶松：现在国际社会趁火打劫的多，雪中送炭的少，自己国家的事情还是要靠自己。另一方面，也说明了国家稳定的重要性，没有稳定，一切免谈。

04

当今社会某些弊病，与传统文化的一些劣根性有血脉关系，鲁迅先生批评过的"国民劣根性"依然存在。继承优良传统，以世界与人类之胸怀优化民族文化并改良国民素质，民族的进一步强大将拥有更厚实而优良的土壤。"想有乔木，想看好花，一定要有好土；没有土，便没有花木了。"（鲁迅）

@警啸：改良、改造、改革三管齐下，或许对解决"国民性"问题会有所帮助。这个问题不解决，社会就难以发展进步，中华民族伟大复兴就难以实现！

@舒霖：人文环境其实就是社会文化环境。有些问题恰恰出在我们的人文环境上。培育优良的人文环境应是"进一步改善土壤"的题中之义。

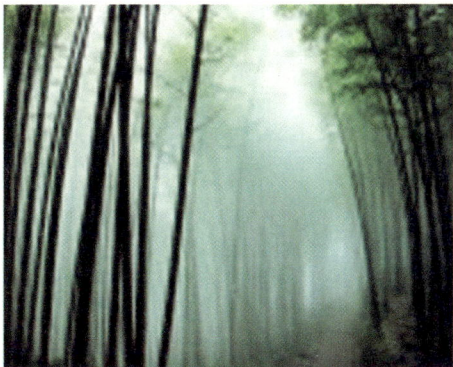

如今健身养生者日多，这不仅说明生活水平的提高，也说明社会文明程度的提高。不过，文明程度的提高更需要人们"养心"——养良心、爱心、道德心。身心健康的人才是真正健康的人。养心的人多了，社会和民族之精神、民族之"心"也就更强健了。人心净则世风清，则国土静，则天下平。

@林其锋：一个真正强大的民族，其族人的整体素质一定是受人推崇的。改革开放的经济成就和人文素质发展不成正比。这在某些时候会制约经济发展。人文素质教育，更需要加大力度！

@蒋小黑：强健身体的同时，更加应该注重身心的发展，养好一颗"良"的"心"，不求忧国忧民之雄心、悲天悯人之忧心，但求关爱周身之爱心、坚持不懈之恒心。

@蒋承勇："野蛮"其身体，文明其精神。

06

挪威恐怖分子枪杀 80 个青少年说明了什么？没有美德的暴力是恐怖的，没有暴力的美德是脆弱的。在没有美德的暴力面前，善良是一只无辜的羔羊。文明的巨人总是踏着人类的血迹走过来的。

@青山绿水：心理健康是德育范畴。这方面，多数孩子有些缺失。改变教育方式方法势在必行！

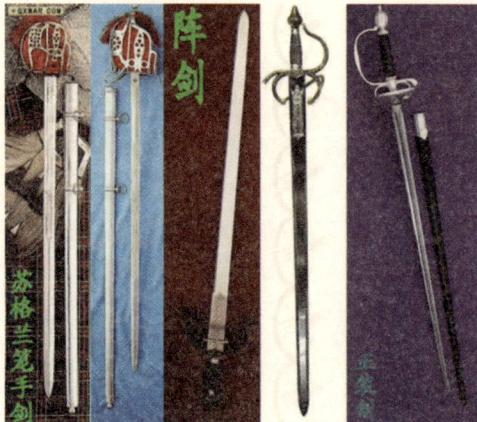

中央电视台新闻频道报道：江西省的资溪，拥有"野生动物经营许可证"就可以捕猎野猪、野兔包括猴子在内的野生动物。"许可证"原本仅允许养殖野生动物，而非允许随意捕杀野生动物，尤其是法定受保护的动物。有了这种"许可证"，一只只活蹦乱跳的猴子被枪杀，成为许多人的盘中佳肴。生灵与美食，恐惧与眼泪……

@人间有爱琴海：人类有时总会残忍地做自我伤害的事。破坏了生物链，等于慢性自杀了人类自己啊！众生平等，都应该有生存权吧！

@陈晨：爱护人类的朋友就是爱护人类自己！让我们共同努力。

@熊精华：保护野生动物就是对生命的尊重！

@景宁任周良：强烈谴责！没有买卖就没有杀戮！

08

"当中国的文学家和科学家开始做很多'无用'的事时，就离诺贝尔奖不远了。我们现在很多人都在做'有用'的事，跟钱权相关的。"（白岩松谈诺贝尔奖）实用主义、功利主义的"有用"，是不可能让人登高涉远的。一个人的成长亦如此。

@陈晨：当国人学会品味无用的诗意时，我们的国家将成为一个充满浪漫主义与理想色彩的国度；当国人学会思考无用的哲学时，我们的时代将成为一个充满人文气息与理性启蒙的时代；当国人学会反思无用的历史时，我们的民族将成为一个充满智慧担当与勇敢进取的民族！

@戈壁刺猬：当年的"黑猫白猫论"的确是适合时宜的，也是与当时的社会背景相适合的，摸石头论不是也是当时提出的么？只是在社会发展过程中我们忘记了摸论，甚至把摸论做成了乱摸，摸了不该摸的就说是黑白论，把石头和猫换了！

考公务员，进国企、事业单位，或许更多的是给大家对安定生活的想象。然而，像当年"40后""50后"从没想过会下岗一样，所谓的"稳定"仍不可预测，前途凶险。（王树彤）公务员队伍是否有一天要进行"消肿"？缺乏商业社会生存技能的国企单位年轻人是否有一天会被淘汰？

@穿鞋的毛毛虫：居安思危，终身学习，积极进取，以不变应万变。

@思索：之所以当公务员，进事业单位、国企是首选的工作目标，说明学而优则仕的传统思想没有消除。其次，这些单位是稳定的，只可上，不会下，而且待遇高于其他行业。再就是社会造成的，贪污腐败、官本位让人们看到了巨大的利益空间。这是现实。需要纠正与革新。改革解决不了。

@言宏：找到自己一生愿意为之奋斗的方向，找到合适自己的岗位，才有真正的安稳和快乐。随着政治的清明，公务员特权的丧失，那些现在成功考上公务员的年轻人若不努力，没有真正的独当一面的能力，真的会被淘汰的。

@蒋承勇：古人云："居安思危""人无远虑，必有近忧"。

10

日本福岛核危机使我想起爱因斯坦对科学精神的崇尚和对科学主义的否定。科学可以造福于人类，也可以给人类带来灾难。科学主义者把科学工具化，扩大科学的功利作用并狂傲自大。爱因斯坦在批判科学主义的同时，又怀着对人类深深的爱去倡导科学精神，希望人们用理性和谨慎去解决人类面临的诸多问题。

@sandy：人类的历史就是行走于这样的魔鬼与天使中间。

@朱炜：科学带来了福利和不稳定，我们需要伦理、安全的科学，科学促进了人类社会的快速向前发展，认知科学还在萌芽阶段。

@张湧：要科学精神，不要科学主义。

@高原之鹰：科学带给了我们什么？我们需要怎么样的科学？科学促进了怎样的发展？人的认知与真正的科学还有多少差距？

美　国　梦

彼得·凯里

时至今日,没有人想得起来我们在什么事情上冒犯了他。肉店老板戴尔想起来了,他有一天把错宰的肉卖给了他,又有一天,他一时疏忽,先照应了别人。戴尔喝醉时总要想起那个日子,骂自己笨。不过,说是戴尔冒犯了他,谁也不会信以为真。

然而我们中间确实有人得罪了他。这位衣着整洁、戴副无边眼镜的小个子,见人总是笑脸相迎。我们真的在某种程度上太小看他了。他郁郁寡欢,默默无言,为别人所忽略,我想大家压根儿忘了他存在似的,准以为他有点呆头呆脑。

孩提时,我常去梅森胡同偷吃他家树上的苹果,老是被他发现。不,说得不对。我的意思是我总感觉到他发现了我,感到他隐隐约约躲在房内花边窗帘后朝外窥视。去摘苹果的并非我一人,我们中许多人都去摘过,或独自行窃,或合伙偷盗。很有可能他选择了与众不同的方式,来索回所有这些苹果钱。

不过我敢保证不是因为这些苹果的缘故。

所发生的事终于使我们八百个市民都来回忆,对这位曾经生活在我们之中的格利森先生,哪怕有一点点小小的冒犯。

我父亲是个连蚂蚁都怕踩死的人,他仍然坚信格利森的本意出自好心,他比谁都热爱小镇。而父亲却说我们从心眼里就瞧不起它,无非是把这个小小的山谷权作落脚之处,犹如旅途中驻足休息的场所,甚至连那些常年居住在这儿的人，也从来没有真正喜爱过这个镇子。不错，这地方山青林密，鱼翔浅底，景色优美，但并不是我们向往的地方。

多年来，我们在罗克西电影院观看电影，大家梦寐以求的，即使不是美国，至少也是首都。对于这个小镇，我父亲说，我们不屑一顾，如同对待娼妓一般，随意砍伐大道上遮天蔽日的大树，拿来做校门，或做穿形足球场的看台。挖褐煤留下的坑坑洼洼遍布乡村，可什么东西也不填补进去。

就连那些上希腊人乔治经营的店铺里买鱼与油煎土豆片的旅行推销员，也比我们喜爱小镇。因为我们都在梦想着大城市，梦想着发财致富，梦想着坐大轿车，住现代化房子。这些，父亲称之为"美国梦"。

我父亲经营汽车加油站，可他还是个发明家。他整天坐在办公室里，在交货收据的背面画着奇形怪状的设计部件。家里每张空白纸都画满了这些小小的图样。因此，这些纸片，即使再小，母亲扔掉前总得十分仔细地看看纸的正反两面，哪怕只要有个铅笔记号，也总要把它保留下来。

我想正是因为这样，父亲才认为他理解格利森。他从不多言，但他与格利森灵犀相通，关心着类似的问题。父亲在设计一种大型轧石机，偶尔他也会对别的东西发生兴趣。

譬如，有一次肉店老板戴尔买了辆变速自行车，一度，父亲的话题无变速车不谈。我常常看到他穿过马路，蹲在戴尔的车旁，仿佛在跟车子说话。

我们都骑自行车，因为买不起更好的东西。父亲倒有一辆雪佛牌旧卡车，不过他难得一用。现在想来，或许是由于车子有无法排除的机械故障，或许他只是为了节省，不想让它一下子报废。平时他来回都是骑自行车。我幼小时，他让我坐在车杠上，要翻越通往大街的山坡时，我们俩都得下车，步履艰难地推车上坡。在我们镇上，推着自行车走路那是司空见惯，自行车既是交通工具，又成了负担。

格利森也有辆自行车。午饭时分，他或推或骑，从郡府办公室赶回到梅森胡同口他家那小木屋，足有三英里的路程。据说他回家吃午饭，那全然是因为他吃饭穷讲究，既不想吃妻子让他带去的三明治，也不愿上菜辛太太的餐馆吃热气腾腾的饭菜。

然而，格利森或骑或推着自行车来回于郡府办公室那会儿，镇上一切如常。但他退休后，情况起了变化。

这时，格利森先生开始在秃岭上的一块两英亩的地上督建围墙。他高价从约翰尼·威克斯手里买进这块地皮。我敢肯定,威克斯现在相信整个事情都是他铸成的大错,首先是欺骗了格利森,其次是把地卖给了他。格利森雇了几名华工着手建造围墙,是那时候我们才知道已经冒犯了他。我父亲骑车直上秃岭,想说服格利森放弃筑墙计划,因为谁也不想监视格利森先生及其在山上的所作所为,谁也不会对他有兴趣。格利森先生一身簇新的猎装,干净利落,他擦了擦眼镜,看着双脚,对此淡淡一笑。父亲只好骑车回来,心想他太过分了。当然我们对格利森怀有兴趣,父亲又骑车回去邀请他参加下周五举行的舞会,可格利森说他不跳舞。

"好吧,"父亲说,"随便什么时候过来坐坐。"

格利森先生又去指挥华工筑墙了。

秃岭高高耸立于小镇之上,从我父亲的小小加油站,你可以坐观围墙渐渐增高,多么饶有趣味的景观。有两年光景,我一边等候着稀稀落落的顾客临门,一边注视着围墙。放学之后或是星期六,我无所事事,就看着格利森家那围墙缓慢的进程,犹如时钟一分一秒过去,简直令人难熬。有时我看到华工们抬着砖头在长长的跳板上缓步慢行。山是光秃秃的,真不懂为什么格利森先生偏要在这不毛之地筑墙。

最初,人们觉得异乎寻常,竟然有人在秃岭上造这么一垛大墙。秃岭唯一的妙处是可以鸟瞰全镇,格利森先生筑了墙就挡住了视线。山顶上土壤贫瘠,到处裸露出光秃秃的黏土岩来,什么也长不出来。大家都在想格利森先生简直疯了。当最初一阵子兴奋过去以后,人们开始容忍他的疯狂行为,就像接受秃岭本身一样开始接受这垛围墙。

有时,来我父亲加油站加油的人会问起有关围墙的事来。父亲总是耸耸肩膀,我又一次感到莫名其妙。

"造房子?"陌生人会问,"造在那山上?"

"不,"父亲会答道,"那个叫格利森的家伙在造围墙。"

陌生人想知道原因,父亲会再次耸耸肩膀,看看秃岭,"鬼才知道呢。"他总这样说。

格利森依然住在梅森胡同的老屋里,那是一间普普通通的木屋,前有玫瑰园,后有果园,屋旁是个菜园。

晚上,我们这些孩子有时会骑自行车上秃岭。骑车去那儿实在累死人,肌肉也会抽筋。最难骑的是那段没有修筑过的陡坡路,最后是推着车子上去的。夜空中可以听到我们呼哧呼哧的喘气声。到了山顶,除了围墙我们什么也没有看见。有一回我们弄坏了一段砖墙,又有一回我们向华工睡的帐篷掷石块,以此来表示我们对这垛莫名其妙的围墙的失望之情。

围墙一定是在我十二岁生日的前一天完工的。我记得我们去十一哩河举办生日野餐,在河湾上生火烤排骨吃,那儿可以看见秃岭上的围墙。我记得我正好站着,手中拿着一块炙热的排骨,只听见有人说:"瞧!他们要走了。"

我们站在河湾上,看着华工们推着自行车慢慢走下山来。有人说他们要去矿区造烟囱。现在那边确实有座大烟囱,想必是他们造的。

围墙筑成的消息传开后,镇子里大多数人都拥上山去观看。他们绕着围墙四周转,觉得跟别的围墙一样毫无特色。他们站在大木门前,想瞧瞧里面的样子,所见到的是一垛无门无窗的小墙,显然是特意建造的。墙高十米,上面装着碎玻璃和铁丝网,显而易见不允许观看墙内之物,大家只好回家。

从那以后,格利森先生已好久没有到镇子里来了,他的妻子替他上街购物,推着车子从梅森胡同来到大街,装满了日用品和肉类(他们自己种菜,从来不花钱买),再推回梅森胡同。有时,你会看到她在上盖尔街山的半道上扶着车子站着歇脚。谁也不问关于围墙的事,大家知道她不管事。她推着沉重的小车,又得忍受因丈夫发疯而给她精神上带来的重负,大家都觉得她可怜。甚至她去狄克逊五金店买颜料灰泥、油漆罐头和防水合剂时,也没有人问她这些东西是干什么用的。她目不正视,唯恐别人盘问。老狄克逊替她把灰泥和油漆装上车,看着她推走。"可怜的女人,"他说,"多可怜的女人!"

在加油站,我有时坐在阳光下胡思乱想,有时把自己关在办公室中,凝视着丝丝细雨,暗自伤神。偶尔我会看到格利森从墙圈里走进走出。远远望去,在秃岭顶上只有这么一点大小。这时我才想起"格利森"来,仅此而已。

陌生人有时也会驾车上山去看个究竟,他们常常受本地人的怂恿,说那是一座中国庙宇,或是别的荒唐可笑的东西。有一次,一群意大利人在围墙外野餐,站在紧闭的大门前相互拍照,鬼知道他们是怎么想的。

在我十二岁生日到十七岁生日的五年中,我对格利森的围墙毫无兴趣。那些岁月早已流逝，茫然记不清什么了。那时我迷恋着苏茜·马金，老是骑车从游泳池跟踪她回家，看电影坐在她的后面，经过她家门口总是徘徊不前。后来她父母搬到另一个镇上去了。我坐在太阳下，盼着他们回来。

我们开始热衷于现代化了。当彩色涂料流行时，全镇人狂热之极。一夜间把房屋涂得五彩斑斓，像鲜花盛开，姹紫嫣红。可是涂料的质量欠佳，很快褪色，油漆剥落，于是镇子看起来像座凋谢了的花园。想起那时的岁月，唯一真正能留在我记忆中的是那种嘶嘶声，是那种自行车轮胎在大街上留下的轻柔音响。现在回想起来，那声音还是显得异常宁静，它当时曾勾起我心中一股忧伤之情，混杂着一种像午后时分太阳刚刚从秃岭落下，像星期天下午空荡荡的舞厅中，镇里人感觉到的那种凄凉情调。

然后，在我十七岁那年，格利森先生去世了。我们看到格利森太太的车子停在丰西·乔伊殡仪馆前，才知道消息。那车子停在当风的街上，看起来令人哀伤。我们走过去看了看车子，替格利森太太难过。她没有享受过生活的乐趣。

丰西·乔伊把老格利森运到帕万火车站旁的墓地，格利森太太随后坐在出租汽车里。人们目送枢车远去，又想起了"格利森"，不过仅此而已。

而后，格利森被埋葬在帕万火车站旁寂寞的墓地里。不到一个月，华工们又回来了，只见他们推着自行车上山。我与父亲、丰西·乔伊站着，想看个究竟。

接着，我看见格利森太太吃力地爬上山去，她没有推车子，我几乎没有认出她来。她撑着一把黑雨伞，慢慢地走上秃岭，她俯着身子停下来喘气，这时我才把她辨认出来。

"是格利森太太与华工。"我说。

直到次日早晨，事情才算有了眉目。人们站立在大街两旁，像是参加盛大的葬礼似的，不过大家不是朝着格兰特街角的殡仪馆看，而全向秃岭张望。

那一整天与第二天，人们聚集在一起，看拆除围墙。他们看到华工们不停地来回走动，直到朝镇子那面的围墙推倒了一大部分，我们才知道里面确有东西，不过看不清楚到底是什么。格利森太太走来走去，指挥着工作进程。人们好奇地站着，相互指点着把她辨认出来。

最后,全镇的人空巷而出,涌上秃岭,三三两两,骑车的骑车,步行的步行。戴尔关了肉铺,父亲开出那辆雪佛牌旧卡车,最后到达秃岭时车上竟坐了二十个人,全都挤在车后大车厢里,也有吊在脚踏板上的。父亲神情严肃地开着车,穿过骑自行车的人群。上山的烂泥路陡得车子只好停下来,我们费力地爬上最后一段陡坡,相信到山顶会见到什么东西的。

山上十分寂静,华工们干得很卖力。第三、第四堵墙拆除后便开始清理砖块,一大堆、一大堆的,叠得整整齐齐。格利森太太站在唯一残剩的墙角里,一句话也不说,睥睨那些站在另一个角落里张口结舌的镇里人。

在我们与格利森太太之间出现了美妙绝伦的景象,那是我平生见所未见的,一时间我都无法辨认出来。我瞠目结舌站在那儿,为眼前的美景所折服。随后我才意识到这是我们小镇的模型。建筑群高两米,尽管有些粗糙,却十分准确。我看到戴尔先生用胳膊轻轻推了推我父亲,悄悄地在说,格利森还保留了肉铺招牌上褪了色的"U"字母呢。

我想此时此刻,大家简直都欣喜若狂,我记不得我是何等喜悦,何等激动,也许是一种幼稚的冲动。我抬头看到父亲满脸笑容,知道他与我有同感。后来他告诉我,格利森造这个镇子模型,就是为了此刻让大家看到小镇有多美丽,使我们为之自豪,以此来制止我们朝思暮想的美国梦。至于别的,父亲说并不是格利森的打算,他不可能预见到后来发生的事情。

我开始认为父亲的想法有点多愁善感,或许还有点侮辱格利森。我本人相信,格利森知道将要发生的一切,有朝一日可能会找到佐证来证实我的想法。我坚信不疑,一定存在于某些私人文稿之中,这些文稿将表明格利森确切知道将会发生的一切。

我们叹服于模型城,却忽略了最引人注目的东西了。格利森不仅造了全镇的房屋、商店,还造了房子里的模型人。当我们小心翼翼走进模型城时,突然发现了我们自己。"瞧,"我对戴尔说,"那是你呀!"

是他,腰缠围布站在店铺前。我弯下腰去仔细察看那小小的塑像,一看到他的脸色,我惊愕万分。模型虽然粗糙,漆得也很草率,脸色过于苍白,可是表情活灵活现,高挺的眉毛,滑稽可笑的皱拢的双唇。是戴尔的尊容,世界上独此一个,别无他人。

戴尔旁边是我父亲,蹲在人行道上,盯着戴尔先生变速自行车的齿轮,脸上闪烁着斑斑油污和线线希望。

我在加油站里,靠在油泵上,装出美国人洋洋得意的样子,跟布赖恩·斯帕罗说话,而他用滑稽可笑的动作惹我发笑。

丰西·乔伊在棺材架旁,狄克逊坐在五金店里,我所认识的人在这座小城里都有,他们不是在街上或后院,就是在自己的房子里。不久我发现还可以揭开屋顶,看一下里面的情景。

我们踮着脚尖绕"街"而行,窥视着各家的窗棂,揭开各家的屋顶,对各家的花园相互赞叹不绝。此时,格利森太太已悄然溜下山去,回到梅森胡同。她跟谁也不说话,谁也没有跟她说话。

我承认是我揭开了卡瓦纳家的屋顶,因此也是我发现卡瓦纳太太与年青的克雷吉·埃文斯睡在一起。

我伫立了好一会儿,盯着这对男女,几乎不明白看到了什么。当最后明白过来时,我深感嫉恨、愧疚、惊讶,一种难以置信的复杂心情交织在一起,手中拿着屋顶,一时竟不知如何是好。

最后还是丰西·乔伊夺走我手中的屋顶,小心翼翼地把它盖了回去,我想他如同在盖棺材盖一般。其时,别的人也都看到了我所见的一切。消息不胫而走。

于是我们都三三两两地站在周围,对这座模型小镇怀有一种恐惧的心理。格利森既然知道卡瓦纳太太与克雷吉·埃文斯的隐私(而别人谁也不知道),那么他还知道些别的什么事情呢?那些还没有看到模型城中自己样子的人开始有点惶惶不安,不知道是否要把自己找出来。我们默默地凝视着一个个屋顶,感到疑惑、内疚。

我们都走下山去,沉闷得像是参加葬礼归来,只听见脚下砂砾嘎吱嘎吱的响声,女人们穿着高跟鞋实在是行路难呀。

次日,郡府举行特别会议,通过一项决议,要求格利森太太立即拆毁这座模型,它系违章建筑。

不幸的是,命令未及执行,事情已被报纸捅了出去。还没过第二天,政府已插手干预了。

模型城及其模型居民将被保留。旅游部长乘坐黑色大轿车前来,在穹形足球看台发表演说。我们高高地坐在阶梯看台上,吃着油煎土豆片,而他背靠篱笆站着对我们训话。他讲的话听不太清楚,但意思很明白。他称模型城为一件艺术精品,我们板着脸瞪着他。他说这是吸引游客的无价之宝,旅游者会从四面八方云集而来,观看这座模型城。我们将一举成名,生意也会兴隆起来,给导游、翻译、管理人员、出租车司机,还有卖果汁和冰淇淋的提供就业机会。

他说美国人会乘着汽车、坐着火车前来参观我们的镇子。他们会来拍照,带着鼓鼓囊囊的钱包,里面全是美钞。

大家怀疑地看着部长,想知道他是否了解卡瓦纳太太的事。部长一定觉察到了我们的表情,他说某些有争议的展品可以移掉,而且已经被移掉了。我们有点坐不住了,就像电影看到特别紧张的部分,看到高潮时常有的反应一样。接着大家松了口气,听部长还得说些什么。大家再一次开始做起"美国梦"来了。

我们梦见自己坐着锃光瓦亮的大轿车,打亮车灯,畅游一个个城市。我们走进挥金如土的夜总会,通宵达旦地跳舞,情场做爱,找女的要像影后金·诺瓦克,找男的要像明星罗克·赫德森。我们喝着鸡尾酒,懒洋洋地看着装满食品的冰箱,为自己准备丰盛的宵夜点心,一边吃一边免费观看巨型电视屏幕上的美。

这位仿佛来自美国梦境的部长,又钻进他的黑色大轿车,慢慢地从我们这个蹩脚的运动场开走。新闻记者来了,他们带着照相机、笔记本蜂拥而上穿形观台。他们又是给我们拍照,又是拍摄秃岭上的模型。第二天我们全上了报纸,模型人物和真人的照片并排刊登,我们的姓名、年龄和职业,白纸黑字全印在上面。

他们采访了格利森太太,但她说不出令人感兴趣的东西来,只是说模型城是她丈夫生前的癖好。

现在我们都感到高兴,照片上报够令人愉快的。于是,我们又一次改变了对格利森的看法。郡府再次召开会议,把那条通往秃岭的烂泥路命名为"格利森大道"。然后我们都回家,等候那些他们曾经许诺的美国人的来临。

没有多久,美国人果真来了。整整六个月,我们翘首以待,真是度日如年,别的什么事也干不成了。

好了,他们确实来了。让我来说说大家在忙些什么吧。

每天都有美国人来,乘客车的,坐轿车的,有时,年轻一点的乘火车来。而今,帕万墓地附近还开辟了个简易机场,美国人也有坐小飞机来的。丰西·乔伊驾车送他们去墓地,瞻仰格利森的坟墓,然后上秃岭,再下山进城。单凭干这项,他就赚了不少钱。丰西成了镇上的大人物,成了郡府要人。

秃岭上装了六架望远镜,美国人可以用来观望全镇,以证实山上山下一模一样。赫布·格雷夫尼向他们兜售冰淇淋、果汁和备用照相胶卷,他的生意也不错。他从格利森太太那儿买下了整座模型城,向游人出售五美元一张的门票。赫布现在也进了郡府,他很会替自己打算,把胶卷卖给美国人,让他们把模型建筑物与模型人拍摄下来,这样他们下山时可以用这些特殊的地图,到镇上把真人寻找出来。

说实在,我们大多数人对这场游戏很反感。他们来找我父亲,要他盯着戴尔的自行车齿轮。我看着父亲耷拉着脑袋慢吞吞地穿过马路,他不再向美国人打招呼,不再向他们询问有关彩色电视或华盛顿市的问题。他蹲在人行道上,戴尔的车旁。他们围着他,总是记错模型人的样子,要我父亲做出错误的姿势。起初父亲还要与他们争辩,后来也不再争辩了,听从他们随意摆布,他们把他推来操去,为他脸上不复有以往的那种表情而担忧。

然后我知道他们会来找我的,因为我是地图上标明的下一个人物。由于某种原因,我极受人欢迎。他们来寻找我和油泵,四年来一直如此。等待美国人,我并不十分热情,我知道,他们还没有见到我就会感到失望的。

"可他不是那个孩子。"

"是那个孩子,"丰西说,"千真万确是他。"他要我给他们看出生证。

他们满腹狐疑地查看证明书,摸摸纸头,仿佛它是一张足以乱真的赝品。"不,"他们断言道(美国人是如此自信),"不是,"他们摇了摇头,"这不是孩子本人,真的要比他年轻。"

"他长大了,过去比现在要年轻。"丰西告诉他们,看起来有点不耐烦了。他不怕流露出这种不耐烦的神情。

美国人仔细打量了我的面容说:"他是另一个孩子。"

尽管如此,他们最后还是拿出照相机来,我绷紧脸站着,想装出过去那种逗人的样子。格利森当初看到的那种逗人的表情,我现在怎么也记不起来。我看着布赖恩·斯帕罗,然而他也感到厌倦了,他感到做这些滑稽可笑的动作实在为难。对于美国人来说,这点雕虫小技并不能逗人发噱,他们更喜欢那个模型人。我伤心地看着他,为他必须给如此冷漠无情的观众表演而感到难受。

美国人付了一美元,买了拍照的权利。他们花了钱却担心受骗上当,花了时间又感到失望。而我花去了时间却深感内疚,因为自己年纪越来越大,心情变得越来越忧伤而使他们大失所望。

（王企教 译）

奥斯卡和露辛达(长篇选译)

彼得·凯里

57.忏悔

她看见霍普金斯牧师站在她门口时,脑子里出现的第一个念头是牌。她把牌摊开作为诱饵,不过不是针对他,是针对除了他以外的其他任何人。不过,在这之前有一刻时间,她头脑里一片空白。她的嘴跟着门张开了。

然后她想到了牌。一定不能让他看见牌和钱。桌子上摆的是硬币和纸币,还有一张5英镑面额的,白得像新娘的婚纱——白得耀眼,飘逸着栀子花香,向那些笨手笨脚的昆虫邀请示意,这些虫儿会无意识地帮它牵线搭桥。所有这些都是为了引人耳目,不过不是这人的,而是其他人的。

她想到:多亲切的脸庞。这张极其年轻、别致的脸留给她很深的印象。不过她没有怀疑,他这么单身一人到她房间来做客是否得体。这个顾虑很快就出现,伴随这顾虑的还有像威士忌那样厉害的焦虑。她已经把自己的忏悔要求忘得一干二净。她看见的只是这位和蔼可亲的人,她曾担心自己的莽撞把他吓跑了。

“快请进来。”他们俩就说了这么一句话。她想把他带到客房弧线角落里去,那里离扑克牌远一点。她想指给他看波光粼粼的大海。她知道自己得天独厚地占有“风景窗”,打算从这里找出个话题来。但他转过身去背对着窗,犹如一只螃蟹朝相反方向爬去,像盲人一样找了个座位,就在桌边,她最不希望他坐的地方。

她魂都吓飞了,她都吓蒙了。她一心只想着她的罪孽将被发现,根本没有想到他的举止会有什么不同寻常。她注意到了他眉毛上的汗珠,可这个她根本没有往心里去,一直到过了好久,等这事过去之后她才想到这点。

她感到奇怪,他居然让她就这么站着,而他自己却坐了下来,招呼也不打一个。"你得原谅我,"他说的却是,"没能早点来。"

她笑了,低下了头。她依然站在那里,这样当他的眼睛向上看她的时候,眼光就不会落在他前面桌子的东西上。他早已看见了。他一定看见了。然而,他似乎又没有看见。他在说些什么?早点来?上甲板?她在琢磨她是否能找块布扔过去把桌子盖住。

"你瞧,"他说道,"我对大海有一种恐惧。我很小就得了这种恐惧症。我父亲是搞自然科学的,所有时间都泡在海里。我还是个孩子的时候就跟他一起下水。"

"我明白了。"她其实不明白。他很是局促不安,不住地出汗,可她并没有注意。她就好像一个一心想听见希腊语,可听见的却是西班牙语的人。他拿起了桌子上一张牌,摆弄着。

"不管怎么说,我对大海变得很神经质,就像有些得恐高症的人一样。所以,今天晚上陪你上甲板,或者到这里来,面对着这些玻璃——来接受你的忏悔——嗯,我还担心干不了呢。"

但是她不能向他做忏悔。她只想听听他善意的忠告。

"这事史密斯先生和博罗戴尔先生都不知道。"他说,"坦率地说,我宁愿不让他们听见。可我得向你表示歉意,你瞧,我这段时间一直可以来,可就是没有对你忏悔的要求做出回应。"

但她一定不能忏悔。她希望他能放下手中的那张牌(他当然知道那是什么)。她重复了从乔治·路易斯那里听到的话,不过她说得要比笨嘴笨舌的乔治快十倍,她说女王曾和长老会成员一起在克莱蒂祈祷,津津乐道地谈论下跪和忏悔的危险性。所以,她辩解说,忏悔是不明智的。

"呵,对。"他说,"对女王是这样。可你瞧,说到这里他的腿在小桌子底下弹了一下,你也许能听到硬币叮当作响。她不喜欢也不太阻止忏悔,因为圣公会已经把它写进了祈祷书里。要想把这一条去掉,恐怕需要比女王,比我们的主更有权威的——议会的法令。我不赞成这么处理事情,莱普拉斯特里尔小姐。但你想忏悔，尽可以这么做。你知道你是彻底不受左道邪说束缚的。"

奥斯卡有一本小小的祈祷书，三英寸长，两英寸宽。他熟练地把书翻开，仿佛他每天都接受忏悔似的。

露辛达现在可是惊慌失措了。她可不能向这位年轻人忏悔。她能看见他的手腕——白皙、细长，连接着他形状很美的手，还有他卷起的裤腿和堆成一团的袜子间所露出的小腿上的一块瘀青。他有一张鸡心脸，就像是丹蒂·加布里埃尔·罗塞蒂笔下的天使。她不能向他忏悔，不过忏悔的仪式却已经开始了。他发的元音带有西部人柔和的粗喉音。她认为自己是怎么也开不了口的。

该她说话了。她听见甲板上有一个声音在喊叫。这是比利时人在喊他们的狗。她用手紧紧地抓着椅子的靠背，觉得自己的声音很轻。她望着他的鞋子和小腿，它们像是从桌子底下伸出的树枝。鞋子一上一下地跳着，这鞋和圣礼并不合拍。不过当她抬头看见他天使般的头发和宁静、清澈的灰绿色眼睛时，她忏悔了。她说得很轻，他得把身子凑上去才能听见。

银铃般的声音很细，你可以把它装入细小的套管里。这声音和它所传达的内容不相称。他的鞋子不再跳了。忏悔者闭上了厚厚的眼睑。她说得很快，很轻，像急促的银铃声。

她承认她为了玩四方摊①曾到德鲁伊巷的那些房间里去过（虽然后来因别人直愣愣的目光而逃之夭夭）。

她承认她曾在火车上和一些"赛马迷"玩过一种普通的骰子游戏。她虽然没有去过赛马场，可她事先了解到这类火车常有这样的事，她上这趟火车就是为了玩骰子。别人叫她别玩，因为她的性别显然使这些老主顾感到难以接受。

她曾试图说服帕克斯顿先生带她去斗鸡场。

她曾偷听乘务员说话，在房间里的桌子上布下陷阱等他们上钩。她曾希望玩扑克游戏。

还有许多诸如此类的事件，可她的忏悔牧师几乎根本没有听进去。他低头坐着，想使自己疯狂跳动的心镇静下来。他攥紧双手，把它们夹在两

①　四方摊：一种源于中国的赌博游戏。

腿之间,发出了低沉的呻吟。

露辛达听见了这声音。她也低头坐着,不敢看他。她在等待赦免。她又听见一声,声音压得很低,含义很含混。她以为他现在不再会做她的朋友了。她紧闭双目,以打消这种世俗的念头。她用力闭上眼睛,结果在她视网膜的黑海上出现了漂浮着的光点。

当奥斯卡脑子里出现善心诚意的念头时,总想到他的父亲。这会儿就是如此:他就是因为这个呻吟——他曾使这位严厉、充满爱意的父亲忍受孤独。

通风处传来了乘务员的说话声,不过他们俩都没注意。

牧师还是没有赦免她。

"你火车上玩的骰子游戏,"他问道,"是不是荷兰骰子游戏?"

露辛达惊诧地抬头看了一眼,可牧师的头还低着,扭向右肩。"是的。"她说,"是这游戏。我们还玩了另外一种游戏。"

"也许是老不列颠?"

露辛达感到她的脖子红一阵,白一阵。"在新南威尔士,"她说道,"这游戏也称作'第七人'。"

她的感受很复杂,像她脸上遍布的红晕,热血沸腾。

奥斯卡脑子里父亲的形象变得模糊了。朴素、神圣的想法被一种冲动的喜悦所替代——这种感觉不甚具体,犹如雾,犹如带着雷电的云。

"是谁,"他问道,松开了双手,并把它们放到桌子上,"是谁示意彼得的①?"

露辛达·莱普拉斯特里尔侧着脑袋睁开了眼睛。她这位忏悔牧师的脸上没有什么表情。要不是他紧闭的嘴唇,他脸上几乎一点表情也没有。

露辛达眯起了她绿色的眼睛,"彼得?"

"你不知道这个术语?"

她看着他的嘴。她还不能完全相信从在那里所听见的一切。"不,"她很小心地说道,"不,我想这个词我很熟。"

"我想也是如此。"奥斯卡·霍普金斯说。他合上了小小的祈祷书,把它塞入装着胎膜的口袋里。他的手一触到胎膜,马上想起了身后的大海。

———————

①　惠思特纸牌游戏,即桥牌的前身。彼得为暗示搭档出王牌的术语。

他的脊梁感到微微的刺痛。

"霍普金斯先生，这些术语你也熟悉？"

"恐怕是这样。"他笑了，笑得很泰然，很动人。

露辛达也笑了，可有些勉强。"霍普金斯先生，这很不合适。"

奥斯卡从夹克衫口袋里拿出了一块手帕，擦了擦他湿腻的手和汗滋滋的眉毛。"哦？"他说。"我的确不这么看。"他看上去对自己满意极了。

"可你还没有赦免我。"

"罪孽何在？"

令她大吃一惊的，不单单是他的话。他突然变化的情绪更使她惊讶。他说这话时带着愤恨，这种情绪和他的性格是不相符的。他目光变得很严厉，他朝跟前的纸牌做了一个僵硬的手势——哈！他最终是看见它们了。"我们整个信仰就是一个赌注①，莱普拉斯特里尔小姐。我们打赌，——帕斯卡的书就是这么说的，确实很英明，尽管英国女王可能会觉得他离长老派还差得远呢。我们打赌有上帝存在，我们用我们的生命作赌注。我们算计着可能性、回报率，以为这样我们便可以和圣人一起进天堂。我们对这场赌博的担心使我们在黎明前惊醒，浑身直冒冷汗。我们下床，跪在地上，甚至在冬天也是如此。上帝看见我们，看见我们在受苦。可这个上帝，一个看见我们跪在床边祈祷的上帝怎么能……"他做手势的手像抽筋似的。他身上有股发了狂的激情，脸上的那一对眼睛反射出电灯的影子。露辛达感到她后脑勺的头发都竖了起来，她的眼皮垂了下来。假如她是只猫的话，这会儿一定会叫起来。

"我不明白，"他说，"这样的上帝，他最基本的要求便是要我们用我们难免一死的灵魂去赌，用我们现世生命的每分每秒都去搏……真是这样！我们必须用我们所分得的每一个瞬间去赌。我们必须把我们所有的一切都押在他最终存在的这个无法证明的事实上。"

露辛达打了个寒战，不过并不感到难受，这不是寒冷引起的。她情绪

---

① 这里引用的典故是帕斯卡的赌注（Pascal's wager）。帕斯卡（1623—1662），法国著名的数学家和哲学家，著有《思想录》等。帕斯卡的赌注的主要内容是：我们的信仰是一种赌注，因为如果我们信仰上帝，世界末日到来这天没有上帝，我们不会有什么损失；但如果我们不信仰上帝，那到了世界末日都得下地狱。

上的这个波动是由多种因素所致,和她意识到她的罪孽可能会使她失去他的友谊并没有多大关系。不过,其中有一个原因是感悟:她在他身上看见了自己的影子,赌徒的那种寒气袭人的狂热——坚韧,甚至带点怒气,这些都是不可否认的。她也感到不安,她发现她的忏悔牧师居然贬低她忏悔的价值。但他这样——等于是把饭菜下的桌布抽掉,往她的情绪上平添了一丝怒气,即使他对她曾祖父所拼凑起来的至关重要的辩护词感到兴高采烈——甚至在欢呼庆贺。他就像是一个一头乱发的钟表匠制作的天使,拿着细小齿轮和危险的弹簧比画着,在他把零件装入他闪光的信仰结构前,把它们都拿出来验证,以求得别人同意。

"每时每刻。"奥斯卡说着举起一只手指,提醒她注意从通风管里传出的低沉、深厚的笑声。

"听。"他得意地说,好像他逮住了那个笑声似的,仿佛这笑声是所有问题的关键之所在,他像是一个在半空中逮住蚱蜢的人,不住地笑着,仿佛这奇迹正在挠他手心的痒痒。

"听。我们再也不会听见那人的那种笑声了。时机已过。"

任何注视奥斯卡·霍普金斯的人不一定能看出这个年轻人曾发誓不再赌博。他不再"需要"它。他此时的观点不只是慷慨激昂,而是坚定不移。所以即便你不同意他的观点,你也不会怀疑他的信念。

露辛达并没有意识到她所目睹的是一场带着深深内疚的辩护。她想了许多,就是没有想到这一点。她想到他是一个极其难得的、出类拔萃的男人。她想她不该和他单独在她的客房里。她想到他们可能会打牌。她想:我可能会结婚,但不是和他,当然不会和他。但我会和像他那样的人结婚。她的心灵感到一阵前所未有的轻松。

"每时每刻。"他说道。

她感到她了解他。她不仅能想象出他对拯救所抱有的激情,而且清楚他对下地狱的恐惧。她认识到这种恐惧在"黎明前"便会占据他的心灵。她所打量的是一面镜子,既是镜子又是窗户。

"这样一个上帝,"奥斯卡说,"他清楚我们下赌时所经受的痛苦和胆战心惊的希望……"他没说下去,惊奇地看着自己发抖的手。他对自己信仰狂热的披露使他的手颤抖不已,可他同时还受到另外一种激动情绪的支配——那是由莱普拉斯特里尔小姐坦诚、仰慕的脸所激发的。"这样的上帝能毫无善心地看着一个人就一个木讷的动物能否首先冲过终点而压几块钱的赌注，除非……"（这时他的嘴唇似乎会因为他过于洋洋自得的笑容而撕裂开，这笑容毫无疑问是被露辛达仰慕的脸所激发的，而不是由于这时他头脑里所出现的什么新念头。）"除非——从没人这样对我提示过——把实质上神圣的东西运用于世俗的快乐，这种做法会被看作是亵渎。"

"霍普金斯先生，"露辛达说，她终于坐了下来。"我们可不能因为不着边际的遐想拿我们的灵魂冒险。"

她说这话时是真心实意的。她同时也不想这样——她是最喜欢沉溺于遐想之中的。她很看重遐想，从没有以蔑视的口吻用这个词。水晶宫，她所最钟爱的建筑无非是她的一种遐想。她有过这种想法，钢铁和玻璃大教堂形而上的对应物，她酷爱的就是这个。她把这些想法偷偷地、严实地藏在心里。

"不是遐想。"奥斯卡说。

他拿起了牌，把它们合在一起。他并没有打牌的意图，是露辛达建议玩牌的。不过后来当她对奥斯卡有更进一步了解的时候，她承认她这么做是因为她认为他想玩。

89. 属魔鬼的①

欲望是一只虫，一只甲虫，一条蛀虫。它就像那些在斯特拉顿牧师饲养的猪肠子里繁衍出的长长的粉红色寄生虫。它溜进了他的肚子里。他试图大口大口地喝水箱里的清水，用神圣的经书，用对地狱的思考将它淹死。

约翰曾这样写道："犯罪的是属魔鬼的，因为魔鬼从起初就犯罪。"②

在《加拉太书》中有这样的一段话："我们若是靠圣灵得生，就当靠圣灵行事。"③

不过从英格兰寄来的信说，斯特拉顿牧师在自己教堂的横梁上吊死

---

① 参见《圣经·新约·约翰一书》第 3 章第 8 节。
② 参见《圣经·新约·约翰一书》第 3 章第 8 节。
③ 参见《圣经·新约·加拉太书》第 5 章第 25 节。

了。而引诱其堕落的人,也就是这个奥斯卡·霍普金斯,所谓上帝的仆人,却又勾引上了一个诚实的女人。他此时正将自己的嘴唇使劲地贴在她的嘴唇上,耻骨贴着她肚子柔软的弧线。

那是凌晨三点的光景。他出来添水时,发现她正穿着中国旗袍站在那里。他的生殖器像根硬邦邦的棍子顶着她柔软的肚子。他感到撒旦就像摘走一个低垂的枝干上熟透了的桃子一样,劫走了他的灵魂。

他吻了她那亲切、柔软的嘴唇。他嗅吻着她长长的白脖子。他碰一下,然后挪开,碰一下,再挪开,呻吟着,乞求上帝的宽宥。就在这时,厨房里的钟当当地打点报时。

他把身子和她分开了,细长的手指伸向天空,在空中做拍击的动作。他们的激情犹如跻身在他们中间的一只轻柔的动物,通过拍击和抚摸能使其驯服。

他们一同走进厨房去喝茶。他们没谈这件事。奥斯卡由于他很自以为是,认为他必须对此负责。他想的不是她爱我,而是我诱使她堕落。

他们很认真地讨论了玻璃教堂一事,不过并没有谈到它的缺陷和不实用性。当他欲火中烧时,他借用恐惧的力量压倒其气焰。他想到了杰弗里斯先生正在莫特海湾建造的用于运输船的那节车厢。杰弗里斯先生就在厨房的这张桌子前极其详尽地描述了车厢的情况。奥斯卡听着听着,胃里感到一阵不适。它给人的印象好像它不是运输船只的车厢,而是绞架或是木枷。杰弗里斯先生很精确,很苛求。他很乐意在车厢的设计上体现出他的这个特点。两条船运输时,如同两只调羹,一只放在另一只的里面,都用粗布绳吊起来。这设计的聪明过人之处就在于它能使它们之间不会相碰摩擦。

使杰弗里斯先生感到如此自豪的玩意却使奥斯卡目瞪口呆。

他得坐船旅行。

亲爱的上帝,赐给我艰辛困苦。赐给我一条险峻的岩石小道,这样我就可能不会犯罪了。

杰弗里斯先生喜欢谈论河流,山川,还有三角学。他向奥斯卡担保,用不着害怕,他一定把他送到波特港。不会有沉船淹死的危险。

奥斯卡提出走陆路时,并不知道有这些河流。哈斯丁斯河,克莱伦斯河,马克利河,这些河如同蛇一样在他的梦里蜿蜒流淌。它们有数英里宽,雨水打破了它们平静的河面，使它们波浪汹涌。

他让自己所策划的事吓破了胆。他睡梦惊醒时，这事就像冷酷的死神一样，在那里迎候着他。

他想：我会被淹死的。

他想：亲爱的上帝，请保佑我灵魂的安全吧。

他想：我爱她。

他想：我已不再纯洁。他们在厨房里互相吻着，咬着，抚摸着对方的脸。像两个衣服夹子似的，他们搂抱镶嵌在一起，紧紧地靠在门框上。

斯特拉顿牧师在他讲坛上方的横梁上吊死。沃德莱－菲什一定早已到了悉尼，在寻找这位无颜见他、躲藏起来的朋友。

他贪恋上了一个爱上另外一个男人的女人。

他想：上帝，可别让我将她引入罪恶。

他想：其实没有上帝，什么都没有。我不必去跨越这些河流。我不必和疯子杰弗里斯一起去旅行。这家伙会携带他的指南针，他的日记，他那些训练有素的罪犯，他的哑铃，他的鹤嘴锄，他的木匠，他的鞍工，他的三只铜钟。而我则被安置在马鞍上，招摇地穿过灌木丛，供人笑话。他是杰弗里斯先生运送的行李，莱普拉斯特里尔小姐替他付了车费。

可他已经答应上帝他会这么做。

虽然只是因为他想让露辛达因此而爱上他。

难道她不爱他？

她这么说过么？

没有，她没有这么说过。她吻了他的嘴唇，嘴唇都让她吻得发青，青得像蓝墨水一样的。但是当他提出要娶她时，就在圣诞节那天，她竟然跑了，一路哭着逃回到自己的房间。

为什么会这样？

因为她爱上了哈西特。

那为什么要再去经历这样的危险，冒这样大的风险，惶惶不可终日呢？

因为这样她会爱上他。

因为他已向上帝许诺过，这样他不会被抛进地狱。

假如没有上帝怎么办？

然而他打过赌，说有上帝。他的赌注是押在大慈大悲上。他打赌他会在天堂里得到回报。他打赌说他会带着这个晶莹剔透的教堂穿过令人毛骨悚然的灌木丛,在复活节把它运送到波特港。

他的一生充满了罪孽和妥协。斯特拉顿牧师在自己的脖子上套了个绳圈,犯下了自戕的大罪。愿上帝饶恕他。他是被奥斯卡的赌博套路所谋杀的。

他在沃德莱－菲什前装模作样地像个圣人。他诱骗他到博塔尼海湾,自己却躲了起来。

他非常爱他父亲。他曾写下"最亲爱的父亲"的字样,可他最快乐的时候却是他离开他父亲之时。他让这位慈祥的圣人孤苦地面对死亡,他身边只有那群目不识丁的羔羊。

亲爱的上帝,请赐给我艰辛的旅程吧。把我从罪恶中拯救出来。不要把我引入诱惑之中。

用早餐时,他在餐具储存室主动地把又青又肿的嘴唇凑到莱普拉斯特里尔小姐跟前,魔鬼主宰了这一切。他在内心深处发现玻璃教堂可能只是魔鬼的一个伎俩。埃亨先生是对的。太热了,教民们会诅咒耶稣的名字。

（曲卫国　译）

11

英国人上下公交车都习惯从后排坐起，这可让后上车者方便，也更井然有序。这种习以为常了的"小事"折射出社会人之公共习惯，折射出一种文化之人性闪光。人人从他人想起或想到他人，那么每个人也就成了"人人"关爱的对象。公共习惯来自"人人"也呵护"人人"。"我为人人"则"人人为我"是也！

@刀轶蕾：生活中的我们，也许做不了爱的接收站，但我们可以做爱的出发站、中转站。让我们的身边充满爱。亦是互勉之。

@出岫闲云：去英国乘坐自动扶梯，发现所有人都往左站立，即便是同行者也是一前一后，仔细观察才发现，其目的是给着急赶路的人留下一条超越的通道。对照杭州路上右转弯自行车道常常因在红绿灯前"争先恐后"而被直行者堵住的现实，不得不感叹社会文明之差距。

@刘晗：无须感叹我们国人的素质，别人也是靠多年的教育形成的，需要每个人去做到！1+1永远大于2！自己先做到了，可以影响你身边的家人、朋友！！慢慢建设我们自己的国家吧！努力并期待着！不抱怨不泄气！

12

高铁的困惑：GDP发展提速、火车提速、拿学位提速、赚钱提速……精密的高铁设计、高要求的运行管理也掺杂了浮躁和私欲的"提速"？但愿已有的高铁事故与灾难不像食品质量那样是人为的，因为谁也不愿意自己的生命结束太匆匆，更何谈生命的幸福与质量？

@丽姐助学：每次出去走访，遇到坐高铁动车时，心里免不了一丝丝担忧。不知为何心中没有安全感？这样的恐惧感什么时候才不会再有？

@蒋承勇：高铁从设计到运行管理都必须是高精密的，容不得半点疏忽与浮躁，否则宁可慢一点。我们以善良的愿望等待着事故的真实说明。

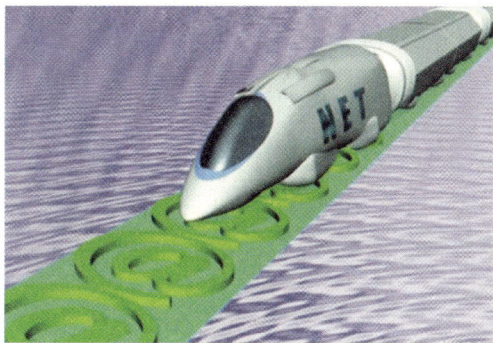

13

近来我国社会管理中常讲到建立理性的公民社会。公民社会之重要特点是公民权利的依法保障。公民社会中的"人民"首先是"公民"。前者突出个体而后者突出群体；前者突出法律的"人"而后者突出政治的"人"。凸显"公民"地位有助于实现对个体的人的尊重与权利的保障，体现社会管理的"以人为本"理念。

@陈颖：加强公民意识教育是"十七大"报告中明确提出的，大学应该在这方面做出表率，大学生不仅要学习，还要践行。民国时期就有公民教育读本，现在只有"两课"，希望传统能传承下去。

14

微博成为一种大众化新式传播媒体，它以"核裂变"式快速传播信息，于是微博时代网络舆情周期愈来愈短、互动愈来愈快、规模愈来愈大。人民网舆情监测室提出，突发事件应对的"第一时间"由传统平面媒体报道的"黄金 24 小时"，改为新媒体的"黄金 4 小时"法则。这就要求应对各类网络事件要全面提速。

@范范：这给我们的监管者提出更高的要求。相信国新办、网监办应该在不久的将来针对微博这个"微媒体"做出相关的政策法规，纳入媒体管理，对听众一万以上的进行监督，要对自己的言论负责。
@刘五一：越来越迅速的反应，不仅仅是到场，而是提前反应。
@曲明：自媒体时代全面到来，人人都是爆破手，人人都可以创造一个路透社。

15

愿所有的儿童节日快乐！但中国太大人太多贫富太不均衡，有的营养过剩有的营养不良。据报道，贵州有的山区学校一天只能吃两顿饭，饿了就到教室外灌一肚子水！我国绝对贫困人数依然不少，有的孩子儿童节也许还在为温饱发愁。儿童的尊严保证了，社会尊严也就保证了。关注弱势群体，愿所有的儿童节日快乐！

@陈斌-浙江农林大学：童真幸福，发自内心的幸福。

16

"驴粪蛋不需要太光！"许多食品、化妆品、营养品看上去包装精美、色泽诱人，其实败絮其中、危害无穷。这类现象背后的道德承载太轻还是太重？为人为政也不要过度包装，其间也有起码的道德承载。社会需要整体的道德自觉。当然法治是另一种需要。

@盐荒子孙V：造假鸭是有历史的，纪晓岚的从兄万周，一天晚上见灯下有吆喝叫卖烤鸭的，买了一只回去，发现竟然是泥做的。这鸭子的肉已被吃尽，只剩下鸭头、鸭脖子、鸭脚和一副完整的骨架。骨架里搪上泥，外面糊上纸，染成烤鸭的颜色，再涂上油，灯下难分真假。

17

　　微博，让你把生命中一部分有用的时间变成多余，还是让你把生命中一部分多余的时间变成有用？其实不同的人回答不一样，即使有着同样回答的人们，其实际情形也未必一样。微博走入了你的生活，能让你的生命增值，也能让你的生命打折，主动权却在你自己手里。说微博说时间，看天边一弯新月，几点星星……

@浦江蕙：对一个喜欢文字的人来说，有无微博无所谓啊！世界瞬间变化，灵感时有闪现，文字在脑海中跳跃，水笔在自然流淌……想发的时候就发一条，而更多的时候是让那些有用的、无用的静静地印在心里或者日记里，自我欣赏哦!

18

　　微博既"微"又"博"。微，它是现实世界的拉近和浓缩，让心贴得更近可闻彼此心声，细微而真切；博，它是现实世界的拓展与延伸，让人们超越现实收获另一份生活，庞杂而丰富。微博世界有真有假有美有丑有善有恶，显生活之本真却触之不可及。虚拟社会实则虚之，虚则实之。开博两月说微博：爱你难，舍你亦难。

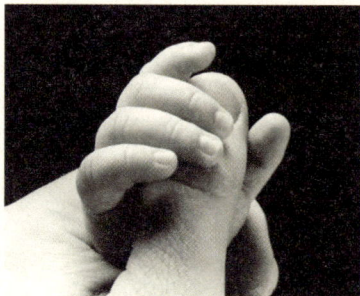

@刘奇：人是有思想的，思想是需要交流的。微博给了所有人一个自由表达思想的平台。一旦拥有终生难舍！

@知秋：希望这是一个平等沟通、真诚交流、公正清洁的世界！

@冯震宇：存在即合理，每一个新生事物的发展都有规律可循，微博的用户可能也会洗牌轮转，微博承载不了太多，作用不可夸大。用行政手段来推微博不妥。

@吴建波—新生：微博现在还是处于测试阶段……哪天真被关也不无可能。

欧美许多家庭在孩子年幼时喂养小狗、小猫等，让他们在细致入微地照顾小动物过程中懂得善待生命，达到"善良教育"的目的。事实证明：年幼时以虐待动物为乐的孩子，长大了往往有暴力倾向。善良教育亦我们之所需；生态文明在深度意义上还有倡导动物伦理之内容。善待动物是文明社会的标志之一。

@景宁任周良：赞同！小时候因为生活的原因一直饲养各种动物。在我儿子出生以后养过小猫，一直到现在坚持饲养小狗，目前家里还有两条苏牧。我坚信，这个过程给儿子的影响是相当深远的。

● 20

也说发展的速度与质量。没有速度的质量是画饼充饥，没有质量的速度是饮鸩止渴。速度与质量的背后都有道德和价值取向的蕴含，也就是精神与灵魂的蕴含。我们要速度，要质量，还要精神灵魂。所以，发展必须"又好又快"，好为先！

@李百强：#安全问题#透过事故，铁路运输安全问题凸显。在当前情况下，铁路系统软件如何跟上硬件的发展速度，实现安全与速度的同步升级，迫在眉睫！

@贾金强：发展的"好"往往是长远的利益，"快"恰恰是当下浮躁心理驱使下追逐的短暂利益，是看得见的政绩，是可以量化的指标，反倒忽视了"好"的内涵。值得思考。

@罗乐：中国是到了需要慢的艺术的时代了。从速度哲学到慢的艺术，这既是一种新教育理念，也是已经强大的文明古国应有风范。快与慢，相对的哲学概念。当快与政绩苟合，当快以民众生命为代价，高铁修到家门口，却让我们无路可走。慢，是从容的快，无声的速度，是宁静的力量和发展的智慧。

　　微博世界丰富多彩、斑斓驳杂，人人可以各抒己见、各取所需，但须理性思考、分析和鉴别。玫瑰花是带刺的，但是，带刺的未必是玫瑰花。

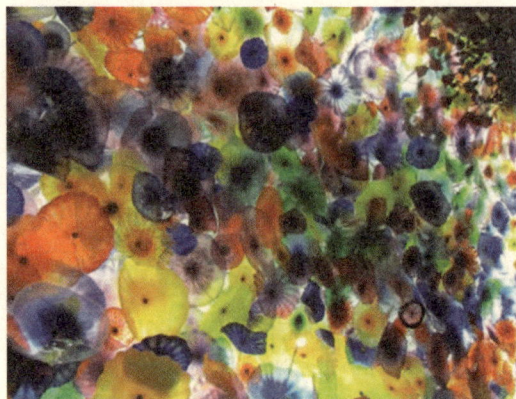

@陈卫锋：微博应该是加快了这样的进程：个体对周遭思想的接收和接受程度构成的 X 轴与自身已有知识和思想体系的 Y 轴所立体定位形成的个体精神角色的历史演进。从前自闭的人 X 轴过长，激进的人 Y 轴过长，现在微博这样的加速使得均衡时代也将提前到来。而这势必会面临一场思想的斗争和妥协。

社会转型，是非纷呈；雾里看花，真伪并存。都说是今不如昔道德衰颓，有道是善心不泯邪不压正。揭开尘封的心灵，每个人心底都有纯真与善良，只是有时昏晦有时清晰，有的沉睡有的清醒。人性终究趋善向上，用规制惩治邪恶，用善良呼唤善良、唤醒善良。善之心灯不灭，世界不失光明。

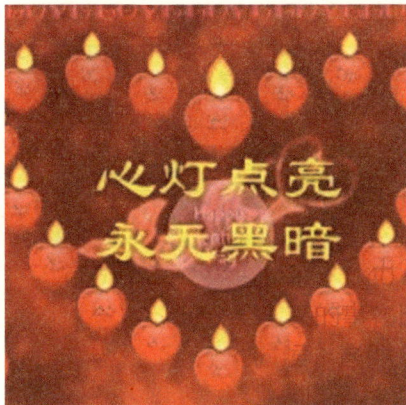

@日月山—建筑：就大多数个体而言，一个人是渺小的，所以本质上有需善向善的愿望，缺少的是身边更多的烛光，抱怨本身也是善的外露。

@思思：每个人都有道德与善心的一面；但是，这现实的社会虚荣心太重，导致很多人心里不平衡。久而久之，成了心态问题。故很希望能借学校的支持、老师的教导来唤醒学生们。

02

陶行知："你骂我，我骂你，骂来骂去，只是借人的嘴巴骂自己。"说的是大白话，讲的是大道理，可就是一针见血的准确而深刻！

@牟德刚：陶行知有许多朴实无华短小精悍的诗歌，像谚语，似警句，寓意深刻，浅显易懂。真有点像今天的"微博"。

@蒋承勇：微博好平台，百姓寻常话。争论勿恶语，夸人少拍马。有理可夸亦可争，无理骂死夸死伤人伤己图个啥（傻）？

@用心看世界：冲动是魔鬼，生气的那一刻智商为零。所以我们在愤怒时所说的话，大多是毫无建设性的情绪垃圾。骂人，仅仅是发发牢骚而已。

@孔雀一：《中庸的智慧》中讲道：能容人，这是一种雅量，更是一个人成功的关键。能宽容别人缺点的人在危难之中，往往会有人挺身而出为其解围。正应了中庸性格里的"变"。

@zangyanpu：有的人，是被他人骂醒的。有的人，是自我醒悟的。见机行事，看人下菜，有时我们不必自我清高。

"实现中华民族伟大复兴，最根本的是重塑 21 世纪国民性。艰苦朴素，戒骄戒躁，诚实守信，勤政为民。这些民族性格的精华，是在改革开放中绽放，还是在商业浪潮里消亡？"（刘志明《怀素抱朴》《商业时代》2011 年第 20 期）国民性是历史的也是当下的，是群体的也是个体的。良好的国民性是民族之大树成其茁壮的沃土。

@哲人世家：让所有的国民成为公民，是走向复兴的基础；公民就是没有地位高低贵贱的区别，只有社会分工的不同；公民在人格上是平等的。只有公民的社会，才是民主与法制的社会；只有公民的社会，才可能人尽其才，物尽其用！

@蒋喜乐：国民是一切的基石，提高国民性，是整个国家稳定与发展的首要条件。

@蒋承勇：如果用经济建设的思维祈求精神文化的一夜暴富，那必然只是传说而已，因为这两者的发展有不同规律。

04

转型期社会管理，须"在承认个性化、多元化的基础上，通过沟通、对话、谈判、协商、妥协、让步，整合各阶层都能接受的社会整体利益，最终形成各方必须遵守的社会契约"（唐钧《社会政策咨询：非诚勿扰》《人民论坛》2011 年第 3 期）。要在提高公众参与度基础上体现尊重民意，进而在操作层面上不断体现公正、公平、以人为本。

@肖仲华：对，契约性社会就是公民社会和法制社会。

@叶晨：政府与公众都得转变观念，以法规为依据达成契约。

@蒋承勇：契约性社会的政府才能更有效地体现"服务"。

将社会矛盾缓和到可以接受的程度，社会管理创新的核心就不能仅仅是法治，还应该有民主，而且更重要的是民主……对政府和官员不妨多讲法治，对公民则多讲民主和权利（沈阳《社会管理创新的核心　法治，抑或是民主》《南方都市报》2011 年 10 月 9 日）。法治和民主本来就是一个硬币互为依存的两面，两者有机结合，社会管理创新的效果可能会更佳。

@梁颖东：讲民主是想把自己推向有利位置，讲法治是想把别人放到劣势位置。有这种想法的，除了官还有民，请每个人多换位思考，尽量去除这种潜意识。

@董丰：社会管理创新应重在释放社会活力，应大胆下放权力，政府归政府，市场归市场，社会归社会，各司其职，各守本分，相互制衡。释放社会空间，衍生出自发秩序，是一个基本而有效的举措。

@祝见风：法治是民主的前提，只有把程序制度规范化了，民主才有保障，法治的落实与加强很紧迫。

06

市场经济讲竞争，但不应该是简单的原始"丛林法则"支配下的适者生存、恃强凌弱。成熟而文明的竞争应以道德与法治对人性弱点的有效制约为前提，竞争而有序，欲求而有控，锄强还扶弱。鼓励竞争又捍卫公平正义，应该是理性、文明社会的理想追求和现实目标。

@明体达用：竞争要有丛林，那是市场，更要有法则，那就是法治。缺其一，市场经济就难以充分发展，公平正义也难以体现。因此，市场经济就应当是法治经济。

@卢路：蒋老师的话极准确，当前社会最大的问题就在于对金钱的追逐高于一切，道德的缺失以及执法的软弱更导致了对人性弱点的无制约。

@蒋承勇：只要有改变现实的要求与愿望，"乌托邦"永远是人们心灵深处追求理想的星星之火！

　　对一个有优越才能的人来说，懂得平等待人，是最伟大、最正直的品质。（理查德·斯蒂尔）金钱可能有多有少，地位可能有高有低，但人格不应有贵有贱。封建等级观念在我们生活中还无形地、根深蒂固地存在。尊重人、维护人格平等，应该是现代文明社会之基本伦理价值。任何人的尊严都是高贵的！

@云追月：尊严是一个很虚的东西，却是一个能让人变得实在的东西！可惜这个时代，有钱才能赢得尊严！总理为了鼓舞人们发展经济，都在说："我们会让人民活得更有尊严！"

@蒋承勇：可以依法剥夺一个罪人的自由甚至生命，但他依然是人！

08

　　理性的社会恰恰是包容度很高的社会：政府对个人、个人对政府、个人对个人……包容度既标志一个社会的文明程度，也决定一个社会的繁荣程度。

@天台山傅相标：当全民的素养都达到了一个较高的层次，那理性的社会也就出现了。这是一个艰巨而漫长的任务，但我们必须去做。我相信，大家也一直在努力地做。

@蒋承勇：包容不是无原则的迁就，而首先是对不同意见者甚至反对者的宽容、接纳与尊重！

@一砾：理性的社会体现文明的程度，文明程度与社会成员素质有关，素质中最重要的是自律。

@蒋承勇：包容从干部做起是应该的；干部出自普通的人也是必然的。包容的社会以尊重每个人的合法权利为前提与基础。

过去的三十来年，中国的法律制度不断完善，是法制建设成就巨大的年代。从立法的角度看，三十年走过了几乎相当于法制健全国家一二百年的路。但是立法不等于法治，因为法治除了立法外还有执法和整个社会的法治理念，而后两者恰恰是我们的短板。因此，要建立成熟的法治社会，我们还有很长的路要走。

@孟威：亚里士多德认为，法治有两个条件，一是良法；二是良法得到普遍的遵循！可以看到，中国的法律制度体系正在不断完善中，良法的产生也就水到渠成。而良法要得到普遍的遵循，公民要学法、懂法、守法，执法者要按照法律的规定办事，确保执法程序正当，实现公平正义！

@朱国根：有法不依再多的法都是空的。

10

动漫有产业属性，但首要的和根本的是教育属性。它从儿童心理和生理需求出发，用充满童心、童趣和想象力的艺术方法解读世界，其间蕴含了人生观、价值观的潜移默化，构筑孩子最初的价值趋向和思维方式并影响终身。弱化动漫的经济利益驱动，强化其心灵熏陶的美育属性，这才是动漫发展的正途。

@屈立丰：动画产业应该追求艺术与商业二者的契合，只有教育，没有商业，动漫产业同样无法为继。

@扬扬其乐：向儿童普及社科知识很必要，向成人宣讲童心善真也很需要。

@徐敏：多一分宽容，多一份爱心，多一份快乐！

教育不公、贫富差距客观上不同程度存在着。看到实事不等于认同实事。但对年轻人来说，无论家境好坏，优越感和自卑感都只能丧失你的意志并蹉跎年华，锻炼与培养属于你自己的能力素养，是当下的、受益终生的事。人贵自立，种好眼下的园地要紧！鼓励成人成才但反对贵贱之说！

@蒋承勇："寒门不再出贵子"的说法本身含有落后的身份歧视观念。穷人不贱，草民不贱，失败者不贱！教育人的人忌用贵贱待人、评价人！

@王超：历史是何其地相似，魏晋南北朝时期的九品中正制和门阀观念又一次在当代结新果。蒋伯，贵贱之分其实自市场经济之初便已显现，奈何邓公一直强调精神文明建设，也敌不过金钱来得实惠，现今农村风气，足见一斑。人文科学不能关在象牙塔里做学问，而是要育全民而济天下啊！

12

在竞争激烈的社会，人们希望平等竞争，并希望有制度做保障，这是合理的要求。但是，你别指望绝对的平等，原因很简单：平等总是相对的；强调人格上的人人平等，本身就意味着其他方面相对不平等的必然存在。平均主义不是"平等"，相反是对平等本质的曲解，因而是有害的。

@陈卫锋：竞争的结果本身就会造成不公平，而且就每个人初始的禀赋来说，本身就是不平等的。因此，每个人追求的平等不应该是直接的结果平均主义，而是竞争机会的平等。

@蒋承勇：精神上的平等意味着人格上的平等。人格平等是平等的本质内涵。

@蒋承勇：维护法律上的绝对平等，追求人道和现实生活上的尽可能的平等。

13

"高调的批评容易，克制我们人性的弱点却很难。"（北京大学教授张颐武）理性的社会对待批评，无论高调或者低调都应该包容；但理性社会又需要理性的批评者来构建。理性社会能克制人性的某些弱点，反之，克制了人性的某些弱点，社会便趋向理性。但不管怎么说，克制人性弱点是每个人的事。

@兔子：老师，是不是甚至可以更刺骨地说：有时候人性因真实而丑陋，甚至卑微？而自然却因真实而纯粹，甚至伟大？——这是我逛微博这么久以来，最大也最深刻的感悟。

@蒋承勇：但有时人性也因真实而善良。生活中善比恶多。人性总体趋善、向善！我以为，微博有真实的一面，也有虚拟而非真实的一面；有真实的东西，也有被夸大和放大了的东西。

@工作之鱼：理性社会能克制人性的某些弱点。人都有弱点，克制弱点等于发扬优点，但何谓理性社会、如何构建理性社会是个大问题。

14

法律与道德都要维护与倡导社会公正与公平，但不是保护平均主义。肯定与维护人的权利基础上的竞争，其结果也不可能是完全的公平。在这种意义上，"生活是不公平的，不管你的境遇如何，你只能全力以赴"（史蒂芬·霍金）。

@唐佳骏：社会本就没有公平，人的属性应先是自然的，其次才是社会的。那么人就应该遵从自然法则，机遇和机会是不会平等的，我们只有不断地自强才能在这样一个社会下成功。王侯将相，宁有种乎？

@海峡财经-李金耀：法律遭遇人情，道德无力维系，马太效应让中国人掌握资源便掌握法律与公平，追求公平合理的发展机遇，追求人权平等，应该是我们去倡导的，GDP不要再是硬指标，社会环境的建设与完善，才能让我们子孙后代生长在一个安全的国度。

@林孟锦：绝对的公平是不存在的，每个人的起点是不同的，人们只有通过自己的努力去改变两者的差值，至于是扩大还是被扩大就要看你自己的付出了。

文化的繁荣需要有竞争力的文化产业，但文化产业的繁荣不等于文化的繁荣。文化产业的核心竞争力来自"文化"；换言之，一些文化产业的产品缺少竞争力是因为缺少真正的文化精神。低俗落后的文化产品如果"繁荣"，也许有经济效益，但对真正的文化繁荣只是一种销蚀而不是促进。

@秦娟：国家要做文化，公共文化是应该由政府承担，文化产业则由政府出台鼓励引导政策，发动民间力量进入。

@景宁任周良：真正的文化精神还有一个尊重历史、尊重传统的问题。

@阳光再现：浮躁是当前社会的普遍情况，如何用文化改变社会是我们应该要做且急需要做的。社会已经缺失诚信与道德太多了，我们在抓经济的同时，精神层面抓得太少了。

@蒋承勇：繁荣文化的根本目的是，提高民族之精神道德水平。文化竞争力舍此根本无异于缘木求鱼。

16

我们可以批评社会的种种不良现象，但作为公民，每个人自己都应努力尊敬老年人，鼓励青年人，同情弱势者，接纳强势者，包容反对者，怜悯失足者……这体现着一个人的人生阅历水平与道德涵养。没有善良、仁爱做底蕴，高调的批评、声讨，或表扬、赞美，都无益于社会的文明与进步！

@范金荣：批评懂得尊重人是涵养，批评懂得促真情是水平。

@蒋承勇：中国传统政治文化中有民本意识但缺乏人本意识。"民本"与"人本"是有差别的。今天强调的以人为本，是一种很大的进步。

@魏智渊：真正的批评总是建立在仁心之上。泰戈尔说，只有热爱人的人才能责罚人。批评若不基于爱，批评便丧失了资格。爱越强大，批评的力量越强大，批评也越深刻、有力和有效。

@蒋承勇：政治离不开人文，人文是政治的底蕴；没有人文的政治是冷酷的，而以人为本是政治的深度人文精神。

17

　　出版物和网络为我们呈现了应接不暇的读物。然而，除了通常对阅读的冷漠之外，我们今天阅读危机的新表现恰恰是：阅读时间的碎片化，阅读内容的浮泛化，阅读方式的快餐化……"我们如果整天埋在一些娱乐的文字里，生活将变成垃圾。"（著名作家张炜）

@浙江工商大学图书馆：信息获取越来越容易，兴趣反而越来越减弱了。

@财大小兵邵慰：网络已经改变了传统意义上的师生教与学的关系。随着学生获取知识的途径的多元化，教师已然不是学生获取知识最主要的来源。这对教师的教学提出更高的要求。如何满足学生的高要求是个新课题。

@一片光明在远方：现在看大部头书的人越来越少了！也可能与生活节奏加快有关。但不可否认，学习风气越来越淡是不争的事实。

18

　　理性的公民社会须在法治前提下让个体的人成为"公民"。"公民"作为个体的人在人格和尊严上是人人平等的，公民的权利和权益应得到依法维护，因此，公平正义是公民社会追求的目标。只有在维护社会公平正义的前提下，和谐、理性的公民社会才能真正实现，百姓的民生问题才能根本解决。

@涵天：集体是由个体组成的，所以先进行公民建设，才能更好地进行全民建设，即公民个人合法利益实现了，广大人民的利益才能实现。

@徐勇：自五四运动起，中国人民就追求科学和民主，到现在，我们仍然需要大力倡导科学精神，努力推进民主和法治建设。最主要的是法治，而不仅仅是法制。

19

日本商界"四圣"之一稻盛和夫的经营理念与西方理念有明显差别：与制度相比，他更重视人心；与物质刺激相比，他更重视精神奖励；与股东利益相比，他更重视员工利益；与才能相比，他更重视人的品格。他的实践证明：利他行为具有强大的力量，这条利他之路在竞争残酷而激烈的商业社会也行得通！信不信由你。

@刘思辰：稻田先生《活法》很不错，很多《论语》的思想。在和稻田先生经纪公司负责人交流中，也了解了很多他建立两个世界五百强的感人故事，希望更多的国人重视传统文化。

@啊杰：稻田先生是东方管理哲学的代表人物之一，他的思想来自于他的成功的实践，也指导着他的实践走向成功。

@养成教育小艾：己欲立则立人，己欲达则达人。

@蔡红央：求利欲望不应仅仅表现为单纯的为己谋利，还应提升到利他和利于公众上。

@水滴咖啡：人们总是永无休止地相互争斗，恃强凌弱，人类文明怎能恒守真正的道德基础，我们不否认强权强国在人类世界掌握权势的事实，但是我们不能接受将此事作为真理而沉默地启示。

20

午间阅读随感：《商业时代》刘志明"对利比亚独裁的制裁，能否做到不独裁？反人道的打击是否真人道？"的问题还值得思考。用武力解决中东问题，结果是"人权"诉求带来了新的大规模人权灾难。人权改善离开了各自历史文化传统而武力强加，结果会南辕北辙欲速不达。国际问题上"以我为本"，"他人"会成草芥。

@JANE2：文明，举起来是一杆旗，撕开来是一摊血。人们总是永无休止地相互争斗，恃强凌弱，人类文明怎能恒守真正的道德基础，我们不否认强权强国在人类世界掌握权势的事实，但是我们不能接受将此事作为真理而沉默地启示。

21

俘虏亦英雄！美国军人麦凯斯 1967 年赴越作战，却在越南战俘营度过 6 年屈辱生活。但回国后亦享受英雄礼遇，后曾被媒体评选为美国 10 位 "生活中的英雄" 之一。战争和生活中都有刹那间献身的难能可贵，但有时默默地坚忍与牺牲却有无声之壮烈与英勇，甚至更难能可贵。什么是生命的平凡、壮烈与伟大？

@ 水滴咖啡：林肯说过，从广义上来说，我们不能圣化，更不能神化这块土地。但那些曾在这里战斗过的勇士们，活着的和去世的，已经将这块土地圣化了，这远不是我们微薄的力量所能增减的。我们要从这些勇士身上汲取更多的奉献精神，让我们的世界得到自由的心声。

22

权力不等于能力，权力不等于权威，权力不等于智慧。任何人的智慧与能力都是有限的或有局限的，因此任何时候都要心存敬畏。心存敬畏，就会多几分爱心与责任心，多几分谦逊与尊重，于是也就多几分心境的平和与胸怀的坦荡。

@love-durian：不掌握权力的人如此思考，那是智者；掌握权力的人如此思考，那是幸事！人的素养高低与权力无关，无论我们是否有权力在握，皆该心存敬畏！

@ 鲍伟：能力越强，责任就越大；权力越大，责任也越大。能力、权力越大者，越是心有所畏、言有所规、纠有所止。

有人问苏格拉底出生何地，他说："出生于这个地球。"问他是哪国公民，他说："我是世界公民。"网络时代人的生活环境越来越接近"地球村"，人的素养也越来越强调"世界公民"。与其说苏格拉底的话是一种高瞻远瞩的预见，不如说他在遥远的时代就胸怀崇高的人类之爱。爱人爱己爱国爱人类，国家公民又世界公民！

@张永升：成为一个国家公民，它是一种自然；而成为一个世界公民，则需要超越这种自然，只有是非之心大于国家之心的人，才能成为超越国家的世界公民。

@丽水子民——想起几十年前有几句很熟悉的话：胸怀世界、放眼全球；解放全人类；等等。这种境界想不到苏格拉底老先生早就有了。

24

人类文明发展有三大主动力：科技革命、文化艺术革命、哲学革命。国人对首项动力认识颇深，对后两项认识却不足。此乃传统价值观和思维方式使然，亦为民族创新能力匮乏的重要原因之一：过于追求功利与实用。由此警示：人文不日新，科技难日新；科技创新能力未必是科技本身之事。教育者、受教育者亦当深思。

@俞晓光：一个缺乏审美感知力的民族同时是一个缺乏想象力、创造力的民族，一个放弃哲学价值理性立场只在意拥有技术开发利用技术的民族同样会失去科学探索的动力，无法真正拥有制胜的核心技术。没有精神高度，没有博大胸怀，则难以占领世界科技的制高点，这不是预言，是显而易见的事实。

@鲍伟：有德有才是精品，有德无才是次品，无德无才是废品，无德有才是危险品。

25

改善不良社会风气，官员与政府无疑责任重大，但也还要强调人人从我做起。因为"人人"是社会基础，"人人"是社会风气的直接承载，"人人"是高官成长的土壤也是对高官的制约。英雄有时决定历史的命运，但历史终究是人民创造的。强调"人人"既希望民众自觉，更希望高官自律！"人人"是力量与希望所在！

@ 冯金明：改良社会风气的确应人人从我做起，但我们也应该知道，尽管理论上说，"人人都可以成为尧舜"，但历史上从未见过一个人人都是尧舜的时期。人人的确是高官的土壤，但未必能对高官形成有力的制约，现实中的案例可证明这一点。只有社会监督够强大，监督机制够完善，才能制约那些不能约束自己的高官。

26

从笑话里看民族性格。丢失一块钱：英国人耸耸肩绅士般走了；美国人报警后嚼着口香糖走了；日本人发誓不犯同样错误；德国人在原地100平方米内画上方格，用放大镜一格格地去找。这笑话里表达出德国人精细与严谨的民族性格及职业精神。精细、严谨，若再加聪明、勤劳，一个民族或一个人都大有希望，还会浮躁？

@ 俞晓光：不同民族的性格大抵折射出不同民族的文化，人们可以十分轻易地识别法兰西、德意志、日本民族的文化差异并给他们的国民贴上不同的性格标签，唯独中国人的性格易变可塑，抑或是文化使然？国人的性格与与时俱进的要求契合，关键在于如何引导。

科隆大教堂是世界最高教堂之一，始建于 1248 年左右，历时 600 余年建成，是欧洲建造时间最长的建筑之一，建筑面积约 6000 平方米，整体全部由磨光的石块砌成。说教堂说建筑，更说科学精神与职业精神。高科技时代，速度很重要，但需有高度的科学精神与职业精神的强力支撑，速度才能实现其真正的价值与意义。

28

人文精神是一个时代无所不在的风尚。人文主义强调理性。理性是人类所独有的，是与直觉的欲望和兽性相对立的，人类要通过正确方式合理地实现欲望，保证自己和他人的权利共同实现。缺乏理性的放纵和泛欲，个性绝对自由和扩张，以及仅仅按照内心冲动去行动的不负责任，只能走向反文明。

@在水一方 lqf：人就是物质的存在，更是精神存在，是理性和非理性的有机统一。理性有其合理有效的一面，但生活中的我们，很多时刻都是凭借直觉、感情在做判断！人是感情动物，脱离了感情的理性，也会置人于万劫不复！个人认为，人文精神更多地应是以人为本的，饱含情感、关怀、爱、责任等元素的一种人性风貌！
@宣昊：缺乏感性的理智会置人于万劫不复，缺乏理性的自由放纵和感性冲动令人与文明远离。

阅读分享

\# 鉴古明今 \#

\# 名言名著 \#

part five

书犹药也，善读之可以医愚；其义亦如金屋玉颜，自得咀嚼之。

【阅读分享】这章分为两节。第一节 # 鉴古明今 #，是对历史的深刻分析与参悟，更有由鲁迅思想引申而来的现今思考。第二节 # 名言名著 #，从名人名言与名著阅读里挖掘精粹，带来关乎人性、自然、生活、情感的多元解读。或理性分析，或感性抒情，特此将经典里的精华，分享诸君。

【编者语】

01

"一战"期间，德、英两军在某地激战，阵地上一战马为炮火惊吓，狂奔中被铁丝网绊倒并紧紧罩住，在伤痛中苦苦挣扎。作战双方各派一名士兵，把马解救出来后握手告别回到各自战壕。（美国电影《战马》，解救战马显示人性中的爱——即便是在战争中。而被战争"铁网"罩住的痛苦的普通人，由谁去拯救呢？

@zangyanpu：战争的无情和对动物的人性鲜明对比，或许是此影片的亮点所在吧！得到搭救的是一匹马，但正如博主所言，战争中，被战争"铁网"罩住的无数普通人，不就如同被铁网网住的无数"马匹"吗？他们是否如此幸运被搭救还是被卷入战争中呢？人应自问：什么是真正的人性？

@尚贞涛：善良是人之本性，纵使面对敌人。（电影《战马》最后一幕很美，让人感动落泪。顶斯皮尔伯格。）

02

"异教徒是一群恶棍、魔鬼。上帝已召唤我们……去消灭那些恶魔……为解放'圣地'而战的人，将来灵魂都可升入天堂！"1095年，教皇貌似正义的鼓动，让热血沸腾的人们踏上了长达200年的十字军东征的"拯救"之路，神圣旗帜下欲望涌动、利益纷争、生灵涂炭，留下了挥之不去的历史噩梦……

@施波：正义不能被当作借口。正义一旦成为口实，文明就会被亵渎。

@全力：要反思，超越意识形态、超越国家、超越党派，用大格局去考虑整个人类生存的意义，而不是党派之争、利益之斗。

辛亥革命纪念日，想起孙中山先生寄语"我辈既已担当中国改革发展为己任，虽石烂海枯，而此身尚存，此心不死。既不可以失败而灰心，亦不能以困难而缩步。精神贯注，猛力向前，应付世界进步之潮流，合乎善长恶消之天理，则终有最后成功之一日。"改革发展须执着坚定，代代努力求民族复兴！

@李建华：孙先生此言语调之铿锵、文采之飞扬、心胸之开阔、志向之远大、气魄之宏伟、气势之悲壮、气场之强盛，当代有谁媲美？

@黄会长：中山先生的的确确是中华民族的伟人，无论是在革命还是在做人上面，可以说是中国的华盛顿，他是开启了旧中国革命的鼻祖。

@共青团浙江工商大学委员会：100年前，武昌枪声埋葬了一个旧时代；100年后，新时代一直还在路上。

04

千古传唱"桃园三结义"，关羽乃"义"之象征。关羽千里寻兄过五关斩六将，义也；刘备伐吴为关羽复仇致惨败，断送苦心经营的孙刘联盟，义也。"义"于社会，让彼此温情脉脉互为依靠，也构成一张张坚固的关系网：趋小利而损大局，成友朋而失公正。"义"，于法治社会、理性社会，是耶非耶？

@全力：儒家"强调义者宜也，即一个事物应有的样子，是每个社会成员必须要做的事情，这些事情本身就是目的"（《中国哲学简史》）。"君子喻于义，小人喻于利。"而后来的"义"发生了词义变化，似乎纯粹变成了"义气"的同义词，这与孔子强调的"仁义"有极大的差异。因此，首先要对词义进行辨析才能分析是非。

"二战"时华沙救济局一女职员假扮护士，冒生命危险反复出入纳粹集中营，或拉出一车垃圾，或推出一口棺材……把一息尚存的孩子偷偷往外送。后终于被发现被投入监狱被殴打致残，却不说出一个孩子的下落。18个月共救出2500个孩子！当人们偶然发现她叫琳娜时，她已90岁，因为她对此一直守口如瓶。

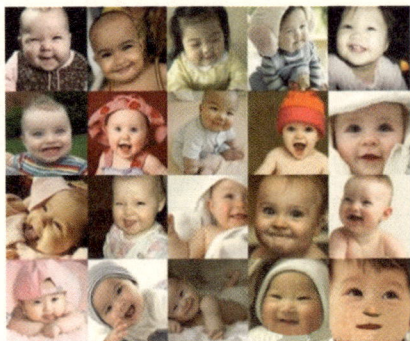

@盛悟之：当上帝面对这场泯灭人性、践踏人道的屠杀都束手无策的时候，她，一个怀有爱心的人，冒死从刽子手手中救出2500个无辜生命，她比上帝更伟大，让我们知道了，人的良心在任何灾难面前都不会丧失。

@俞晓光：感动，人性的光芒。如果让人性自然发光，多少颗心灵会感应这闪耀的真爱，多少沉寂的良知会被重新唤醒。何必无限拔高，也无须伟大的命名，让平凡诠释真爱，人世间将充满阳光。

06

鲁迅留学日本时正值甲午战争中国失败不久，辫子被嘲笑为"猪尾巴"，显其"弱国子民"之身份。他带头剪辫子，还写了"我以我血荐轩辕"诗句。尔后看到体格健全而精神愚弱的国民只能充当被砍头示众或围观者，则弃医从文，以图拯救国民之精神。启示：精神茁壮才可能真正强大，个人与国家皆然。

@柏拉图的海：精神之威力在于其无形，正因其无形往往受到致命的忽视。精神的提炼即是灵魂的搜寻，精神的培育即是灵魂的铸剑。民族精神、大学精神，首在提炼，贵在浸染。

@在水一方："我以我血荐轩辕"，这是中华民族的脊梁！精神茁壮才可能真正强大，个人与国家皆然。

@蒋承勇：物质富裕而精神愚弱，则有可能社会乱象丛生。

@叶松：精神如何培育？靠历史传承、文化熏陶、学校教育、政府引导，抑或其他？

@蒋承勇：剪除心灵深处无形的辫子。

　　鲁迅剖析与批判的不是某个人与一种制度，而是整个民族文化传统中的诸多弊病。审视现实让我们想起鲁迅，阅读鲁迅让我们想起现实。"鲁迅活在当下，因为他昔日所指正是今日所在。"（吉林大学教授张福贵）文化需要传承也需要创新，国民性的改造是群体性灵魂洗涤，也是个体性人格历练。

@世界和平：1.有知书达礼的修养。2.有博大精深的学识。3.有宽以待人的胸襟。4.有严于律己的习惯。5.有与时俱进的意识。6.有海纳百川的雅量。7.有侠骨柔肠的心智。8.有果敢担当的气魄。9.有登高望远的视野。10.有朴实无华的作风。11.有百折不回的毅力。12.有高雅含蓄的气质。

08

　　蹲了27年监狱的曼德拉后来担任南非总统。在就职仪式结束时，他走到折磨过他27年的监狱看守格里高身边平静地说："在走出囚室，经过通往自由的监狱大门那一刻，我已经清楚，如果自己不能把悲伤和怨恨留在身后，那么我其实仍在狱中。"格里高满脸泪水，终于明白：告别仇恨的最佳方式是宽容。

@余建红：在曼德拉当总统之前的几年，南非还实行严格的种族隔离，黑人和白人甚至是不能一起坐公交车的。文明最终战胜了野蛮。曼德拉若以一己之恨破坏和解大局，南非就会成为今天的以色列和巴勒斯坦。

@海边吹风：宽容真正释放的是自己！曼德拉从阶下囚到总统，有常人无法企及的跨度，但宽容不是成就者的专利，小人物的宽容就先从走出斤斤计较开始吧。

@西湖先锋：因为经历过共同的岁月，所以知道每个人生都不易，所以宽容、温柔地对待世界。

云南腾冲一抗战纪念馆，让参观者感受了危难时期修建滇缅公路之艰难困苦与万众一心、松山战役气贯长虹之悲壮、收复腾冲那以死相搏的惨烈……末了，在纪念馆一角，悬挂着一口用抗战时的飞机炸弹壳截制而成的钟。它默默地告诉人们：铭记先烈，毋忘国耻；居安思危，警钟长鸣！

@董丰：铭记先烈！这是一条滇西各族人民用血肉筑成的国际通道，滇缅公路在第二次世界大战中扮演着重要的角色。

@丹峰居士：无论信仰三民主义还是追寻共产主义，当面临外敌侵略时，中华儿女都浴血沙场、死而后已，谱写一曲悲壮的凯歌。

@柏拉图的海：居安思危，居危思进，警钟长鸣长鸣长鸣！

10

鲁迅在日本留学时常探讨三个问题：怎样才是理想的人性？中国民族最缺乏什么？它的病根在哪里？他弃医从文为的是改造国民性："最要紧的是改造国民性，否则，无论是专制，是共和，是什么什么，招牌虽换，货色照旧。"他冷峻解剖国民之病态人格，旨在改造国民性、构建精神健全的"真人"。

@朱耀斌：虽然时代变迁，但如同当年青年鲁迅一样的年轻人依旧还在思考，还在叩问，依旧有热血、有担当，80、90一代就像世界眼中的中国，有疑惑也会有彷徨，但脚步却日渐稳健……试问谁没有年轻过？成长伴随着成熟，需要的是时间和过程，相信我们会给历史一个满意答案。

@黑板报："国民性"非一个人，而是杂取种种人，抽取一群人。一个民族，具有共性。如阿Q，谁不能在他身上找到自己的影子呢？

@出版社编辑—山东青岛：现在一是需要能够帮助他人的人，二是需要能够对他人的帮助心存感激的人。

@田力：以学生见，国民性没优劣之分，乃特质不同。华夏文明发祥于东西走向的河流流域，其特质为选择与储存；另三古文明其流域之河南北走向，特质为追逐与掠夺。唯我华夏文明未被同化。

11

说说反思、忏悔与和平。近代以来法国和德国积怨很深，是两次世界大战主要敌手。惨烈的战争无论对胜者还是败者都是恐怖的梦魇，无休止对抗也是双方灾难。反思与忏悔让法国与德国重归于好。以法国和德国为核心的欧盟于 1993 年成立后把欧洲带上了和平的新时代。欧盟获 2012 年诺贝尔和平奖。

@蒋承勇：亚洲文化缺少忏悔意识。武士道精神更是缺少对生命的爱与怜悯，因此更缺少反思与忏悔意识而富于征服与扩张意识。

@陈永春：西方有浓郁的宗教信仰，人的精神世界最深处有终极监督的力量。

@范金荣：忏悔才能和好，和好才能谅解。

@张永升："战争是用牙解开舌头解不开的结"，站在人类的角度：民族与和平，哪个重要？

@蒋承勇：狭隘的民族主义和爱国主义是一种自虐。

12

日本明治维新后，西方殖民主义意识与武士道精神融合，孕育出军国主义。大和民族的爱国主义、民族主义之狭隘性在于：骨子里涌动着扩张和征服的欲望。狭隘的民族主义不可能正视自己的历史，自然也不可能正视他者的历史；军国主义随时会以民族主义、爱国主义的形式在这个国家沉渣泛起。

@十年：本来就不是自己的，当然不会拼死护卫。中国人也不想战争，只是不能让日本再欺负到头上来。政客是能谴责的谴责，搁置争议也行，最好不要在自己的任期内有战争，打赢了是正义之战，打输了要下台滚蛋。

@天台山傅相标：世界的正能量有如海洋，它会包容种种的不幸，包括受伤、委屈，但终究是它决定着地球的命运。日本的军国主义如同一个火山湖，随时会喷发，也会极具攻击性，但它永远左右不了地球的命运。小人得道，只是猖狂一时；仁者无敌，方能笑到最后！

13

军阀张宗昌觉得女人穿旗袍露胳膊大腿有伤风化，即派人上街，凡遇穿旗袍者均逮住并往大腿上刷油漆。学人辜鸿铭在别人剪辫子后却不剪辫子不脱长袍。似乎这两人都是"恋旧"。然而辜鸿铭懂九国文字，博古通今，在中西文化比较中酷爱着中华文化，精神可嘉；张宗昌徒知其表，行为近乎作秀，难免贻笑大方。童鞋们辨之。

@章慰：辜老理了短发、着上西服，也一定儒雅得很。若能得见这样的情形，想来更好。

@阿拉灯神丁：传承重要的是魂的东西；革新不能守旧，也不能拘于形式；既要大胆解放思想，也要坚持实事求是。

14

染色馒头与人血馒头近日在我脑海重复出现。鲁迅《药》里人血馒头让人看到约百年前国民思想精神之麻木。染色馒头仅是各行业假冒伪劣之代表，由众多人制造并仍在制造，让人看到当下许多人道德精神之麻木。电视镜头里制馒头者轻松而不屑地说：我们自己绝对不吃这种馒头。己所不欲，勿施于人！人人守之若何？

@彭轩：应反思改革开放：1.只追求经济利益，不重视社会道德。2.发挥了市场无形之手的作用，降低了法律规范有形之手的约束。3.将眼前当下的利益看得很重，忽视了长远可持续的利益。4.人人都成了赚钱的机器，弃守社会的道德防线。

@阿拉灯神丁：鲁迅通过"人血馒头"唤醒国民对自由、民主的追求和对国家生死存亡的忧患；市场经济走到今天，"染色馒头"需要唤醒全社会对人性和道德的追崇。

15

魏徵对唐太宗说："知人之事，自古为难……但乱世唯求其才，不顾其行。太平之时，须才行俱兼，始可任用。"古人尚知和平时代用人须才能和品行兼顾，今处和平而道德世风滑坡之时代，更须坚守德才兼备之选人用人原则。当然，德与才的高下都是相对的，关键是选人用人原则有赖于完善的制度去落实和坚守之。

@言宏："乱世唯求其才，不顾其行。太平之时，须才行俱兼"很有道理。在现在选人用人制度很难完善之际，一把手更要好好把关。

@蒋承勇："一把手"把关很重要，但更重要的还是要制度把关，包括制度对"一把手"的把关，由少数人选人到制度选人，进而实现由多数人去选人。

@周启卫：评价一个干部须观其言、察其行、考其德。

16

一年春节，诗人周梦蝶看望老师南怀瑾。他谈了自己新年的"希望"。老师没有"前途无量"之类的"鼓励"，却说："前程有限，后患无穷！"此话反倒拨亮了他生命的心灯。从此，他倾心遨游于诗歌创作的海洋，用"有限""征服了生命的悲哀"，铸就了"传奇诗人"的辉煌。同学，如何理解前途无量与前程有限?

@栀子花开：对于前程，南怀瑾的点拨适用于任何时候任何人，之所以口出如此肺腑之言，乃厚望所致，如若看不到"前程有限"和"后患"，又怎能成就一世之大气? 只有有"前途有限"的忧患，才能创造"前途无量"的辉煌！

@柏拉图的海：对一个农民，给他一望无垠的沃土，可能他会在迷茫、选择中浪费掉宝贵的"有限"；但是若只给他几亩肥田，则可能将"有限"的人生、有限的土地打理得丰满、精细，并来得及品味播种与收获、失败与挫折的百味，无形中温暖了生命。

17

张维为《中国震撼》："回顾世界历史，西方崛起的过程几乎是一部动荡与战争的历史。""西方崛起的'第一桶金'无疑是血与火带来的。""西方崛起时期的GDP是血流成河的GDP。"文明，举起来是一杆旗，撕开来是一摊血。学习别人，贵在分清优劣，取人之长，补己之短，不把糟粕当精华，也不把精华当糟粕。

@人性向善：现在需要有公心的学者发出一种声音来引领全民方向。

@蒋承勇：公心也即责任心。

@蒋承勇：我们既不能迷信别人而瞧不起自己，也不能妄自尊大沾沾自喜；不轻信盲从，而要理性分析。

18

泰坦尼克号的沉没，给人以超乎寻常的启示："在生命面前，一切都是平等的，如果因为放开了爱人的手，选择一个人守着一堆散发着铜臭的遗产苟且地活着，人生还有何意义？不管是面对生死还是生命中的任何磨难，相爱的手永远都不会放开！"

@孟威：人以为能征服自然，却在刚信心百倍的时候被无情击败。

@范金荣：当没有机会选择宽度，决不要放弃选择长度。

@唐夏妮：你永远不知道下一刻会如何，所以珍惜现在，珍惜彼此。

@爱在深处：当世界为你关闭了一扇门，自然会为你开启一扇窗！没有绝对的举步维艰，也没有绝对的条条大路通罗马，有的只是不轻言放弃的心！

希腊神话"潘多拉魔盒"：宙斯为报复人类，下令造一美女叫潘多拉，赐她一个装有各种灾祸的盒子。新婚之夜打开盒子，水灾、旱灾、火灾、瘟疫、贫困、死亡等灾祸从中飞出，仅把"希望"关在盒底，从此人间多难。"潘多拉魔盒"隐喻"灾祸之源"。一线"希望"永远给人慰藉又给人等待的焦渴。

@蒋承勇：为什么要打开魔盒让灾难跑出？为什么偏偏把"希望"关在盒底？

@园艺：为了放出希望，经历灾难是过程，没有不痛苦的希望，没有不劳而获的幸福。

@love-durian：因为希望是需要我们追寻和渴求的，是我们寻她，不是她寻我们吧！

@早上八点要起来：灾难是不可避免，不小心欲望就会带来灾难，然而人心底处，希望一直还在，需要坚持不懈地寻找。

02

莎士比亚《哈姆莱特》："人是一件多么了不起的杰作！多么高贵的理性！多么伟大的力量！多么优美的仪表！多么文雅的举动！在行为上多么像一个天使！在智慧上多么像一个天神！宇宙的精华！万物的灵长！"这是几个世纪来人的自我认识。文明发展至今，人类还能这么乐观与自豪？该反思点什么？

华兹华斯：《致布谷鸟》"快乐的新来者啊，我听见你了，多么欢欣！布谷鸟儿啊，我称呼你为鸟，或只是一个飘忽的声音……"阳春三月，山谷幽幽，绿树掩映，芳草萋萋，布谷鸟声隐隐从树丛飘然而至，悠悠回响在阳光下宁静的山涧，编织了一个如梦年华的童话：阳光、绿树、鸟鸣与人的自然天性。

@阮璐：善良最是美德！无论世易时移，混浊不堪或是窃国窃诸，亦不可抛弃内心那份真实、洁净、畅朗的情怀——那片阳光洒向的芳草地。

@赤道：存储已满，系统提示您是否要清除以下可能没有必要保存的内容：妄念、贪婪、妒忌、嗔恨、恐惧、焦虑、自私……

@蒋承勇：布谷鸟是一种爱、一种希望，它不傲视世界，只是给这满眼浮华的人生带去屡屡清凉……

04

但丁《神曲》："骄傲、忌妒、贪婪是三个火星，它们使人心燃烧起来。"人性的这些弱点若燃烧起来，将烧毁理智与德行；放纵的欲望，将把人引入地狱。但丁怀着对人类的挚爱，探索约束人性弱点，使人趋于完善的理想之路。今天，我们同样须约束这些弱点，以规避理智与德行下滑的风险。

@陈江：人性的弱点来自于社会的残酷竞争。人性弱点的完善必须与和谐社会环境的构建相互促进、相互影响。

@海水半火焰：好的诗人，他的责任感胜于市面上所谓的和平卫士；好的诗歌，它拯救一个国家和民族的魂灵的力量，胜于千百次高呼的口号，和一些无谓的推搡。读诗歌，净心灵。

05

《威尼斯商人》：女主人公画像放在金、银、铅三个匣子中的一个内，求婚者谁选中有她画像的盒子，她就嫁给谁。谁是幸运者呢？耐人寻味的话："多少人出卖一生，只看到我闪光的外形，然而闪光的不都是金子。""世界上有许多呆鸟，空有一个镀银的外表。""铅匣看上去寒伧……却是质朴的。"

@陌言：生活将我磨圆是为了让我滚得更远，但是无论外界的环境怎么样，自己永远要经营好自己。
@蔡茗蕙：金杯、银杯，不如百姓中质朴的口碑。
@北山飞飞：羡慕金子的光，但更欣赏和喜爱质朴的自然，很迷人。
@柏拉图的海：小隐隐于金，大隐隐于凡。
@蒋承勇：质朴自然应该成为人的内在素质。

06

"富人如果把金钱放在你手中，你不要对这点恩惠太看重；因为圣人曾经这样教诲：勤劳远比黄金可贵。"（萨迪《蔷薇园》）有过辛勤的播种与耕耘，面对秋日的收获，才会有真正发自内心的欣慰、坦然与喜悦。

@zangyanpu：人接受的施舍太多，会磨损自己的灵性，折损自己的福报，失去自己的能力，进而成为物质和精神的乞丐。
@沧海顽石：以勤补拙，态度决定一切。
@蒋承勇：当勤劳的美德被嘲笑时，赌徒的心理可能潜在地流行着。
@王燕珺：我们的困境是一直勤劳却始终没有收获，是坚持到底还是走其他路径，考虑以后告诉自己坚持，天道酬勤！
@nobody：没有勤劳的耕耘无法享受充实的快乐，不要嘲笑辛勤耕耘的美德，那是真正快乐的源泉。
@蒋承勇：从物质财富的角度看，黄金是宝贵的，但黄金不等于人的尊严和品德。
@金国强：通过自己的勤劳，收获的不仅是财富，更重要的是内心的踏实与快乐！

　　"人类的一切智慧都包含在这四个字里面：'等待'和'希望'！"（大仲马《基督山伯爵》结束语）希望寓于等待之中，而等待是为实现希望所做的不懈的跋涉与努力。

@阮璐：也就是两个意思：第一，舍得时间。第二，有心。而我们往往忽视了这些。

@阳光再现：希望是一味良药，没有希望，绝望会把生命毁掉。而希望是在自身不断地努力与客观因素的综合作用中形成与凝结的，等待是对客观条件的了解与期望。

@周伟：思潮汹涌澎湃，生命绵延不息！

@盛彩马龙：等待是希望的缓冲带，是品味存在的最终；结果只是某种开始，也许只是较高希望的开始。

08

　　"人才首先是有一定人格的人，他有良知，有胸怀，这种人不一定你说什么，他就听什么……真正做事情的人，他不一定要好处，他是要做事情。"（王海晨、杨晓虹《张学良谈国民党为什么打不过共产党》《百年潮》2011年第4期）道德良知、社会责任感、广阔胸怀、做事而不唯利是图……人格魅力让能力插上飞翔的翅膀！

@义乌工商学院郑庆良：关键是领导者要有胸怀，要无私心；不要搞顺我者昌，逆我者亡；不为一个小团伙利益所驱使，而是为整个单位、民族、国家争更为美好的未来。

@走过笔尖的心情：如果别人喜欢你，那是你的表象取悦了他的眼球；如果别人信服你，那是你的人格魅力征服了他的心。

@张建平：人格如金，纯度越高，品位越高。做人一辈子，人品做底子。道德可以弥补智慧上的缺陷，但智慧永远弥补不了道德上的缺陷。人的两种力量最有魅力，一种是人格的力量，一种是思想的力量。——鱼儿

"热闹中着一冷眼，便省许多苦心思，冷落处存一热心，便得许多真趣味。"（《菜根谭》）难免世事冷热，善于自我调适，体现着一个人精神与人格独立的程度。

@千秋独韵：在喧嚣中，独守一片平淡，在繁华中，坚持一份简单，不为眼前功名利禄而劳神，不惊荣辱，不计得失，宁静从容，人生本来就是一次时光的旅程，只有月白风清的淡定，才有人淡如菊的从容。

@陈晨：社会太快，我慢一点，这样才能看得清楚！别人太多，我少一点，这样才能活得潇洒！

@汪珺：自我调适，精神舒适，努力做个纯朴而有思想的人！

@知秋：不从众，不虚浮，不市侩。

10

占有或放弃？留下或离开？抱怨或感恩？"不管你从事的是什么工作，都是在为民众服务……不能追求一己之私利。应该带着愉快的情绪、感恩的心情离开，在别人把你拽下车之前，自己下车，去赶另一列客车。花一点时间，望着那辆老列车驶远，然后开启下一列客车的新旅程。"（科林·鲍威尔）

@范金荣：离开是一种自由，离开是一种超越，离开是守着一份宁静，离开是拥有无成本的旷野。

@rain：公务人员宗旨是服务民众，而不是以权压人，更不能以权欺人。

@立高为远：没有比人们之间的善良关系更重要和更美好的了，无论是火车上与人结伴同行，还是与家人或同事相处，都是如此。

11

西方有句名言：天堂的规则比地狱更完善。人人希望得到更多的自由，但自由的前提是完善的"规则"：法律、法规、道德律令等等。这些对人的自由虽是限制，然而，放纵的自由将导致人间的"地狱"。因而，人间的"天堂"有赖于完善的法律法规和社会公德，有赖于人人对"规则"的自觉！

@章慰：上帝造万物，还是不自觉地青睐人类。物竞天择的天条亦是人类以智驭世的法宝。人定的规则本身能否公允？所以认同马克思的观点，规则体现的是阶级的利益。没有公平，只有所代表人数的多寡而已！不至大同世界，无普适之规则，亦无真自由。

@王艳：人间的"天堂"有赖于完善的法律法规和社会公德，有赖于人人对"规则"的自觉遵守！

@张人匀：人在何时最清醒？——1.天灾降临后；2.东窗事发后；3.大祸临头后；4.重病缠身后；5.遭受重挫后；6.退休闲暇后。人在何时最糊涂？——1.春风得意时；2.来钱容易时；3.得权专横时；4.迷恋情爱时；5.想占便宜时；6.老年痴呆时。

12

夏洛蒂·勃朗特《简·爱》："你以为我穷、低微、不美、矮小，我就没有灵魂没有心吗？你想错了——我的灵魂跟你一样，我的心也跟你的完全一样！……我们站在上帝脚跟前，是平等的——因为我们是平等的！"这与其说是女主人公简·爱关于爱情的宣言，不如说是人格独立的宣言：在人格上，人是生而平等的！

@王丽君：这是我最爱的一本小说，读了十几年了，还是不时找出来细看。是什么触动着我们，是人们一直在追求的尊严。以人为本，尊重每个人，尊重每个生命。

13

米兰·昆德拉说："生活是一张永远无法完成的草图，是一次永远无法上演的彩排。""我们既不能把它们与我们以前的生活相比较，也无法使其完美之后再来度过。"若如此，对我们来说，重要的是尽可能使自己有充盈的每一天，因为任何人的"每一天"都不会重现，就像任何人的"此一生"不可能重新"上演"！

@曲明：人生没有彩排，每天都是现场直播。

@三门王辉：使自己有充盈的每一天。

@教师—杨凤莲：是啊！过好每一天！珍惜现在，憧憬未来！

14

伊朗谚语："真理是上帝手中破裂的镜子，每个人手里都拿了一块。"一生追求的东西未必都如愿，目标与过程不尽一致。我们得到的可能是目标碎片，却编织完整的过程铸就美丽人生。但如果没有目标，我们可能既得不到碎片也无法编织完整过程。且要相信：别人手中若有镜子碎片，那与你手中的一样有真理之光！

@王建华："别人手中若有镜子碎片，那与你手中的一样有真理之光！"说得好！

@蒋承勇：任何人都无法穷尽真理并掌握绝对真理！所以要谦虚，要尊重和包容他人。

@李黎明：真理，我梦中目标，我认为是相对就是相对，我认为是绝对就是绝对，只要自己感觉快乐幸福。

@范范：真理是相对的，也是绝对的。

@蒋承勇：相对于相对的是绝对的；相对于绝对的则是相对的。因此，就根本上而言：没有绝对的真理！

18

艾略特说："过着寻常的日子，我们丢失的生命在哪里？有了知识，我们丢失的智慧在哪里？见闻固然不缺，我们丢失的常识在哪里？"日复一日，生命燃出了火焰或在冒烟？如果不明白什么是有智慧的生活，知识还会是力量吗？浮光掠影见闻不少，我们实现人生基本价值与意义了吗？人各不同，答案各异。三省吾身！

@胡坚：生命总在寻常的日子里，智慧总在知识的积累里，常识总在广博的见闻里。这是我的答案。

@贞涛：三者都有了之后，我们发现：幸福总在别人的眼睛里。

@炎黄荣华夏 yhrhx：静观日常生活，就像每天吃饭一样，选择适宜自己口味的饭菜，吸收身体所需的营养，对身心大有裨益。这样健康快乐地过好生活的每一天，你的生活就洒满阳光！

16

裴多菲说："生命诚可贵，爱情价更高。若为自由故，两者皆可抛。"年少时在父亲遗留的笔记本扉页上看到此诗，不太懂。今天偶尔看到它的另一译法："自由，爱情！我要的就是这两样。为了爱情，我牺牲生命；为了自由，我又将爱情牺牲。"看得到这首译诗，想起父亲的旧笔记本。叹："诗是人非！"

@小霓乐乐：物是人非事事休，欲语泪先流。

@小王：说得我都想逃婚了。自由就犹如跳跃的音符？

葛拉西安说:"人人都要别人诚实待自己,人人都不让别人搬弄是非、欺我辱我,却无人愿意将心比心,从自己做起。"把所批评现象说成"人人"所为,未免把人心看得过于阴暗,但批评是深刻的。我们生活中也存在指责他人多,当围观者多,而责己律己从我做起少的现象。理性社会呼唤"将心比心,从自己做起"!

@寨主:因为一个人人等待别人给自己带来美好而自己不去给予的社会是不可想象的,也是很恐怖的。在迷失自我的社会,如何辨别心灵的声音?

@蒋承勇:生活有残缺,人性有残缺甚至有丑恶,于是人人祈求美好。但是,美好只有从人人自己的心灵迈步出发,美好之树才会根深叶茂花开灿烂。

18

叶芝说:"多少人爱你年轻欢畅的时辰,爱慕你的美丽,假意或真诚;只有一个人爱你那朝圣者的灵魂,爱你衰老的脸上痛苦的皱纹。"爱的激情也许已渐渐远去,浪漫的故事却永留心底;岁月刻下了深深的皱纹,却依然镶嵌青春和美丽。执手偕老,相濡以沫,不离不弃……

@希西公主:年轻时的爱情是爱情,浪漫、热烈,年迈时的爱情是亲情,温馨、从容。从容的爱情更动容。

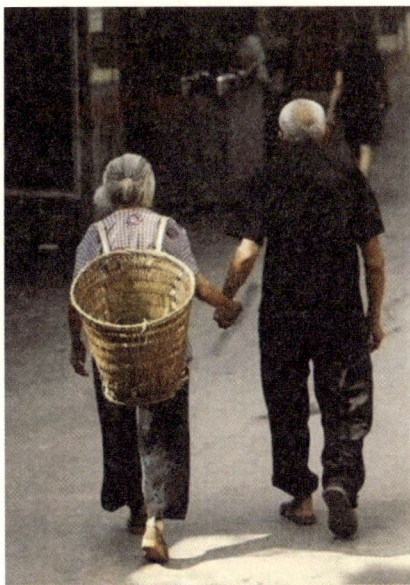

巴尔扎克说："一个预感到有美好前途的人，当他在艰苦的人生大道上前行时，就像一个无辜的囚徒走向刑场，一点也不用羞愧。"古语说，艰难困苦，玉汝于成。若人生中遭遇磨难，那也许是上苍赐予你生命的启迪。坦然以对当下的艰辛甚至磨难，那会是你日后无价之精神财富。艰难困苦的磨砺是最好的人生导师！

@薛刚：刚看过首席经济师的一篇博文，正好符合这个题目，变成自己的文字如下：你选择怎样强度的道路，就意味着你将要承受多大的磨难。不用怀疑道路，只是自己能否承受它的强度罢了。

@蒋小华：疯狂般坚信自己的信念，任何困难只不过是一阵小疾风，丝毫不影响自己。

20

费尔巴哈说："一个能使自己幸福的人，也能使别人幸福；真正幸福的人也希望在自己的周围看到幸福的人。那些经常抱怨、经常攻击、经常吹毛求疵的人其实都是些没有真正幸福的人。"追求自己的幸福同时承认他人追求幸福的合理性，把追求自己幸福的愿望与别人追求幸福的愿望相协调。让自己与周围的人一起幸福！

@高国华：一个能使自己幸福的人，会让自己与周围的人一起幸福！

@园艺：每个人的幸福都在自己的眼中，自己感觉的幸福别人不一定感觉幸福。

@苏小荞：嗯，为他人的幸福而高兴，为自己的幸福而努力。

　　奥尼尔说："在无望的境地里继续抱有希望的人，更接近星光灿烂、彩虹高挂的天堂。"明知不可为而为之的抗争，不是盲目者的固执与妄为，而是清醒者的坚定与执着，其间蕴含的是更高意义上的乐观主义。

@陈煜军：也很欣赏一句话——"如果你看到面前的阴影，别怕，那是因为你的背后有阳光。"

@爱如淡茶："希望是火，失望是烟。生活总是一边点着火，一边冒着烟。"然而，只有那些在冒烟的时候依然守着烟的人，总能吹燃稍纵即逝的火星，重燃希望之火。

@开心的桂花鱼：形象而极富哲理。我青少年时代是在农村度过的，有这种生活体验：一堆干柴一点就着，但是一堆湿柴，点时可能只冒烟不着火，没有耐心的人可能就跑掉了，而等你走后，这堆湿柴可能一下子就熊熊燃烧起来。干柴易燃，湿柴难燃但燃烧起来更加猛烈。生活也许就是这样，有些人点的是干柴，而更多的人点的是湿柴。

22

　　淡定，不是心灰意冷的逃避，不是偃旗息鼓的归隐，不是袖手旁观的超然。海明威小说《老人与海》中那位面对厄运从容应对，沉默寡言永不言败的老渔夫："一个人并不是生来要给打败的，你尽可以把他消灭，可就是打不败他。"逆境面前默默地坚守、执着和依然地从容，乃深度意义上的"淡定"！

@吴治春：身处逆境抑或顺境时依然执着、从容和坦然的坚韧是淡定；"不管风吹浪打，胜似闲庭信步"，以静观其变也是一种淡定！

@嘟嘟：最近几天看到数条有关淡定的微博，有质疑的，有批判的，有更新其定义的，总而言之，大家对淡定都很关注。对此"淡定"表示很淡定。

@九里松风：宠辱不惊，富贵不淫，威武不屈，贫贱不移，是淡定的根本。有目标，有想法，有坚持，是淡定的表现。

浮躁消解宁静也扼杀创造力。"我相信：奔忙，使作家无法写作，使音乐家无法谱曲，使画家无法作画，使学者无法著述；奔忙，使思想家变成名嘴，使名嘴变成娱乐家，使娱乐家变成聒噪小丑。"（龙应台）没有积累与沉淀就无创造力，无创造力便难以成"家"。还是老话说得好：宁静以致远。成才的道理亦如此！

@呆子：安静下来，想想今天该干点啥。

@蒋承勇：说得好！不知道今天该干点啥，那么明天可能已不属于你！

@霜叶：不要沉浸在无边无际的忙碌之中，连静下来思考的空闲也没有。这将使脑子迟钝起来，创造力和想象力离你而去。过分忙碌也会浮躁，而浮躁则事难成。

24

西方式浪漫和凄美：原始人本来男女一体，因冒犯宙斯而被其一劈为二。从此两人在世上到处寻找自己的另一半，找到后紧紧相拥而死。"我们本来是完整的，而我们现在正在企盼和追寻这种原初的完整性，这就是所谓的爱情。"（柏拉图）人类的自然属性和情感属性，决定了其爱情故事永远像神话般浪漫和美丽。

@时遂营：上帝犯了一个错，把人分割为男人和女人，从此为了完整性，人为追求另一半穷其一生。上帝的错也是一个最正确的决定，因为，世界有了爱情。其自然属性是人类原始本能的吻合冲动，这是许多人以为的爱情。情感属性是一场生命完整性的灵魂手术，这是柏拉图式爱情。理想的爱情是肉体和灵魂的统一，需要运气。

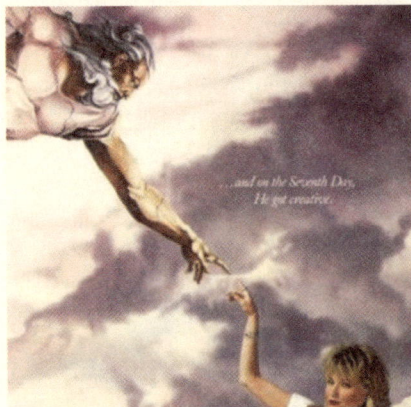

...and on the Seventh Day, He got creative.

25

　　米兰·昆德拉说，从哲学角度看，人们追求速度是为了尽快忘记。而从我们现实生活的角度看，不少人追求速度是为了尽快获取：金钱、财富、权力、荣誉……同时也伴随着忘记：道德、良心、正义、责任……也许这两种追求都有其合理性。但是，忘记了不该忘记的东西，那种追求是不道德的！

@缩陶：我们太在乎速度，把进步理解为速度而不是积累，我们曾经用三十年时间展开跑步进入共产主义的竞赛，结果行囊空空，又一个三十年奇迹般地建成了现代化模样，然而没有核心技术积累，较多资源无序开发和无端消耗，有后发优势，而没有厚积薄发的持续性优势，近年速度惹的祸太多，应以反思待之。

@Lancy：生命中最珍贵的是成长的过程，所以不需要盲目地追求速度，在慢中才能静下心来体验真正的生活，明白自己真正需要的是什么。太快带来的很大一部分是悔憾，就像《人生遥控器》中的主人公一样，可惜的是我们所经历的日子不会倒带。

26

　　"老天给了每个人一条命，一颗心，把命照看好，把心安顿好，人生即圆满……把心安顿好，就是要积累灵魂的财富。"（周国平）而对于一个国家和民族来说，把物质财富和灵魂财富都积累好了，才有可能帮助每个人把命和心都安顿好。

@love-durian：有限的生命里，能够在成长之后，多做些什么，多帮些什么，多留下些什么有意义的内容，才是我们生命的意义所在吧！人比其他生灵的高级之处，恐不仅仅在于能够指点、评论、改造世界吧！浩瀚之间，我，不过是一粒微尘，能够多做一些该做好的事情，该是多么幸运！

@黄继满：要收获就要有付出，要奋斗就会有牺牲，要文明就得有杀戮！

27

"人的心是很奇怪的东西，特别是当人们把它放在钱袋里的时候。"（卡尔·马克思）无数次地品味过这句话，总觉得它在当时和今天都是那么深刻，大概就是因为它直捣人性的深处：金钱激发人的无穷欲望和创造力，同时也扭曲人性进而生出罪恶。把心放在金钱的口袋里或灵魂的口袋里，其结果是很不一样的！

@孙芳：往往把心放在灵魂的口袋里的人，拥有最大的财富。因为这样的人身边除了亲人还有很多的朋友，加上这重情商大于智商的年代，金钱也随之来。

@临江仙：金钱来到这个世界，如同人与生俱来的两只手；右手创造了文明，左手却带来了罪恶。

@柏拉图的海：既要富口袋，更要富脑袋。口袋要鼓出身体的宽度，"脑袋"要顶出身体的高度。以高出的部分观照宽出的部分。

@亦夫一夕谈：以边沁、穆勒为代表的功利学派认为金钱本身也可以成为人们幸福的源泉，追逐财富的欲望引导社会进步。

28

远元《生命之境》："举起来，文明是杆旗；撕开来，文明是摊血；文明之塔的四壁，是用人类生命琢出的浮雕。"此语如此地沉重甚至令人费解，至今依然让我沉思，让我遐想，并且依旧地沉重。我们要什么样的文明？

@叨叨妍：其实人们心中最美好的还是安稳的生活，无论人与人，人与社会，人与大自然，都应处在和谐美中。人类社会发展到现在是建立在数万万人的牺牲上，应该知足了，适当地节制欲望，珍爱自己的生命，效行天法，敬畏大自然，回归人最本质的追求。

附录

part six

作为一所大学的主要领导，平时总会有各种场合的讲话、报告、接受采访与约稿等，这里收集的只是其中的一小部分。这些长短不一的文字，或谈大学的办学理念、人才培养模式，或谈学生成才成人的道路、人格追求的方向，也有的谈民族文化建设与人类精神提升，以及对人生幸福的普遍性理解。娓娓道来，既深入浅出，又耐人寻味，无不浸润着一个学者型大学管理者的人文哲思与理想情怀。

【编者语】

文化发展战略与人类精神守望

——在 2009 年 6 月 "全国文化发展战略研讨会" 上的讲话

在经济全球化和全球经济危机的背景下，通过文化发展战略的研讨，追寻中国乃至人类文化发展之方向，守望人类之精神，这对当下的中国具有重要的意义。我作为一个长期在高校从事教学、科研与学校管理的人，首先想到的是追寻中国大学文化之方向，守望莘莘学子之心灵的重要意义。

我以为，教育事业在根本上是关于人的灵魂的事业。由此而论，大学之"大"，在本质上是精神之大，文化之大；大学也因此才被认为是传承文明、创新文化、领风气之先的精神殿堂；大学是守望人类精神的领地，大学人是人类精神的守望者。

但是，就时下中国之大学而言，如上所说的这些，很大程度上可能都仅仅是一些理想、理念或者善良的愿望而已。因为，众所周知，十余年来，我国的大学在令人振奋地快速发展、不断做大的同时，其根本上赖以支撑其"大"的文化与精神却变得越来越"小"；规模的、量的扩大是需要，是事实，但文化的、精神的低迷则是一种缺憾，也是客观事实。有鉴于此，一段时间来，我在倡导一种人才培养理念：大学要培育三位一体的"人"，即"专业的人、文化的人、世界的人"。但在实践层面上，我感到了举步维艰，感到了堂吉诃德式理想主义执着的必要与几分无奈。

由此，我又想到了追寻中华传统文化之方向，守望民族之灵魂的重要意义。因为，大学的文化与精神的缺失不是一种孤立的现象，也不单单是文化本身的事，它与整个中国社会精神文化的下滑相关联。

改革开放 30 年，中华民族在国际大家庭中的影响力显著提升，综合国力的不断强大让世人瞩目，也足以让国人感到自豪。但是，在经济与物质发展水平快速提升的同时，文化作为软实力，却因其在综合国力的系统结构中所占空间过于狭小，从而变得恰如顾名思义的"软"实力的那样着实显得软弱无力，国人的文化精神生活未能得以提升，民族的文化素质水平甚至反而有所下降。这让我充分感受到了马克思所讲的物质生产与精神生产的不平衡性规律的当代显现。与之相应，国内学界从 20 世纪 80 年代末至 90 年代初关于"人文精神"的讨论，90 年代中后期的"文化热"，世纪之交的"国学热"，以及经济全球化与文化多元化的讨论，都表现出学人们对文化发展与精神提升的热切期待与现实努力，但似乎都难以在实质上和根本上扭转精神与文化下滑的趋势。从政府层面看，"复兴民族文化""建设文化大省"的口号让人耳熟能详，而实际上"文化搭台经济唱戏"的功利化运作，往往使文化倍感为人作嫁的徒劳无益；文化被过于"产业化"后，得益的是经济，失去的是自己——文化赖以在本质上确证自我之身份的精神与灵魂。从中我们能看到的似乎依然是经济对文化的强势挤压。

然而，物质生产与精神发展的不同步不会是永久之现象，这也是马克思已经给我们揭示了的规律。因此，国人尤其是文化人，不肯、不会也不忍心让这种下滑趋势持续而且加速，也许，这就是本次以及过去的和还会有的文化论坛以及某某"文化热"中透出的学人们对精神守望、文化创新的执着与勇气。不管来自物质和经济的力量对文化和精神世界的挤压如何之强势，文化人理想主义的守望与现实主义的追寻，永远有其除了精神崇高之外的客观需要、现实效果和久远意义。

不过，可能还需要我们冷静思考的是，我们今天的文化缺失仅仅是传统文化的失落吗？传统文化的坚守一定能解决文化下滑带来的精神缺憾，一定能让我们的文化走向世界吗？在经济一体化或全球化的时代，我们希望并相信文化会持多元化状态，那么，强调多元化的

同时又会不会出现文化认同上的狭隘的民族主义呢？还有，在西方强势文化咄咄逼人的"全球化"推进面前，当我们说要抵御这种强势文化的时候，是否认为这种文化就必然于我们无益呢？西方强势文化的内涵是什么？等等。对此，也许学者们会有成熟而从容的回答，也许会各执己见，众说纷纭，从而成为中国文化发展战略谋划的操作性难题。

所以，我由此还想到了追寻世界文化之方向，守望人类之精神的重要意义。因为一个民族之文化与精神的下滑也不是一种孤立的现象，其原因也不单单是经济造成的；文化的发展必然不是一味地固守传统，而是继承中的创新；创新又有赖于外来文化力量的激活与推动，有赖于别种文化养料的滋养与催化，其间，有一个如何处置继承与创新、"民族的"与"世界的"之关系的常规性老课题。说它是"老课题"，可能意味着我们对未来民族文化发展的战略谋划不能不遵循文化自身的基本规律，不能不在守望自我的同时放眼他山之石，欣赏异域文化之碧水蓝天，在激活与创新的基础上找到一个崭新的自我。为此，我们是否可以发问：

"国学热"中是否暗含了良莠不分的自恋心态？高科技传媒带来的经典文化快餐是否也让受众们吞食了类似肯德基食品所包藏的"垃圾"成分？

我们在借鉴西方工业文明和市场经济等物质和科学技术成果的同时，是否又已自然而然、理所当然地吸纳并崇尚

了那种由伸张个人欲望所导致的奢靡乃至贪婪的消费主义文化？这种文化价值取向是否还是导致当今世界经济危机的文化根由？我们的传统文化在这种文化力量的冲击面前显得十分软弱无力，以至于它已然成了当下中国的文化时尚，那么，国人的精神与灵魂的下滑与失落是否也应该由文化自身来承担一些责任？

当我们在抵御西方强势文化时，我们是否看到了这种强势文化的深层所蕴含的另一种人本主义传统，它并不表现为伸张个性导致贪婪与奢靡，而是对个体的人的充分尊重，对个人权利的有力维护，对生命价值的终极追问，这种个性主义文化完全可以实实在在地促进我们已经普及化了的"以人为本"的口号落到维护人权和公民权利，着力改善民生，提升公民意识和精神追求的实处，而不至于使"以人为本"仅仅是满天飞的空泛概念。果能如此，是否就提升和拓展了我们民族文化中的人类意识和世界视野？或者说，在经济全球化的时代，无论如何强调文化的多元化和民族主义意识，我们关于文化发展战略的谋划，是否应该多一点世界视野和人类意识？

在诸多专家面前提出这些词不达意的问题，也许是不明智的，但却真实而坦诚地表达了我作为一个大学管理工作者对文化发展战略研讨会的一种期待：期待大家坦诚务实地研讨与解决一些一直没有解决和处理好的现实问题和基础理论问题，进而给我们当下的社会建设、文化发展、人的精神提升以及大学的精神文化引领多提供一些富有成效的指导与借鉴。表达这种期待，也同时表达了我对本次论坛的美好祝愿：

祝大会硕果累累，顺利圆满！祝各位专家学者健康快乐！

谢谢大家！

文学经典阅读与民族文化精神
——在浙江省文学学会 2010 年理事会上的讲话

"经典"的概念虽然会随着时代的变化而变化，但总有相对的稳定性和普适性。进入网络化时代以来，民众的阅读环境与空间在更新，经典和经典性的内涵与外延也发生了很大的变化。纯正文学的被边缘化和经典被相当程度地消解，是一个不争的事实，其深层原因可能是一个时代价值观念的迷失和民族文化精神的滑坡。

其实，近年来我国文学创作本身的非经典化也表征着文学阅读的非经典化。中国第五届鲁迅文学奖评奖前不久结束了，行内人士评价说："太多的喧嚣、太多的炒作、太多消费文化的影响，左右着文学传播，使很多人的文学品味都被泡沫和喧嚣搞坏了，也导致今天的文学境遇变得越来越复杂了。"[1]这里的"文学境遇"如果主要是指纯文学领域，那么，方兴未艾的网络文学的现状更说明了文学经典生存空间的被严重挤压。

近五年来，网络文学产业化已成了不是神话的神话。2005 年开始，起点中文网开始面向站内签约"白金作者"，为自己的"顶级"签约写手树立个人品牌，并大幅提高其稿酬收入。"白金写手"们得到了相对强势的支持和宣传后，已经有近半数转化成了全职网络写手。盛大文学总裁吴文辉在接受采访时说："我们签约的 1700 位作家中，年薪过百万的有 20 多位。我们实行月薪制，作者可以得到作品收益的 70％。"盛大文学包括起点中文网、晋江原创网和红袖添香三家网站，乃国内网络文学产业的龙头老大。在起点中文网成功走出商业化模式的第一步后，幻剑书盟、天鹰文学、翠微居等主流文学网站，以及新浪、网易、腾讯等各大门户网站的读书频道也群起效仿。数以万计的网络写手与文学网站签约，坐在家里网上码字便可年薪百万，成就了近年文坛为之瞠目的网络文学神话。

网络文学神话的创造者——网络写手——同时是网络文学读者的庞大群体的创造者，换句话说，网络文学众多的读者也是网络文学神话的创造者。我不敢说网络文学全是"垃圾"，都不是"纯文学"，因此完全不可能产生经典作品，但是，至少目前还没有让人们看到来自网络文学的"经典性"作品，网络写手那种打字工匠式的快速创作方式，也很难期待他们能创造出经典性作品。于是，我的担忧也就由此而生：网络文学阅读空间的急

---

[1] 李蕾：《热闹背后看"门道"》，《光明日报》2010 年 11 月 3 日。

剧扩大下，纯文学和文学经典的阅读空间之狭小就可想而知了，国民之阅读趣味和价值追求水准的下降也不容置疑了。

根据北京外国语大学郭英剑教授提供的国内最近调查，中国持续六七年来阅读率一直不断下降。中国每年出版图书超过30万本，可是家庭户均消费图书还不到2本，据称是世界上人均阅读量最少的国家之一。复旦大学做过一个调查，说我们目前大学生阅读本专业经典著作的只有15.2%，阅读人文社会科学经典著作的有22.8%，阅读专业期刊的有9.3%。而美国大学生平均每周的阅读量要超过500页。以上两组数据基本上反映了我们的大众与大学生阅读的普遍状况，反映了文学经典阅读的基本现状，更是折射出了国民的精神文化心理和价值取向的现状。

中国近30年经济社会快速发展，国际地位迅速提高，由此引起国际社会的高度关注，称赞、贬低、攻击、围堵纷至沓来。作为文化工作者和人文学者，我对英国前首相撒切尔夫人的话格外在意：中国不会成为世界大国，因为中国出口的是电视机，而不是思想观念。"铁娘子"撒切尔夫人的话难免有"西方中心主义"抑或大英帝国式的傲慢与霸气，执此观点的人无视有五千年文明史的中华古国在思想文化上的贡献，本身是可笑的，更是令中国人难以接受的。但看看我们身边人的精神生活现实，这话也着实耐人寻味、发人深省，有让人自我警觉的意义。

一个社会的进步与现代化，在根本上是精神文化上的进步与现代化；一个民族的强大与现代化，在根本上也是精神文化心理上的强大与现代化。当然，精神文化的强大与现代化必先仰仗于物质文明的强大与现代化。但以目前我国发展的现状看，一个有目共睹的事实是，我们的物质财富极大地富裕了，而精神文化上却严重地沉落了或者迷失了。财富欲望的急剧膨胀几乎瓦解了国民的传统道德信仰体系，在咄咄逼人的物质欲望面前，道德、良知、正义、责任常常不堪一击。价值取向的迷乱、精神文化的滑坡、公共精神空间的被挤压让人看到的是民族心灵的脆弱。在经济与物质发展水平快速提升的同时，文化作为软实力，却因其在综合国力的系统结构中所占空间过于狭小，从而变得恰如顾名思义的"软"实力那样着实显得软弱无力，国人的文化精神生活未能得以提升，民族的文化素质水平甚至反而有所下降。这里让我充分感受到了马克思所讲的物质生产与精神生产的不平衡性规律的当代显现。文化建设显然意义重大而又任重道远。

弘扬经典无疑是精神文化建设的重要途径，也是拓展公共精神空间、坚守与匡正大众价值取向的一剂良药。但是，当下我国民众乃至知识界经典意识的缺失难免使人忧从中来。由此也说明，文学经典的阅读、创作与传播在当今时代是有现实意义的，阅读、创作要坚守文学经典的纯正品格是艰难的，但也因其艰难而又显其紧迫而有价值。

"专业崇拜"与大学生素质教育

近些年来，"专业崇拜"现象在我国大学乃至整个社会上普遍存在。许多大学生迫于就业压力，在校期间忙于对接就业需要的专业知识与技能的学习和培养，轻视综合素质；学校方面也重视增设"热门专业"，在课程开设和教学内容上却忽视学生综合素质的培养。所以，社会上也常常有人批评说"现在大学生素质欠佳"。

"专业崇拜"现象背后隐藏了急功近利、实用主义心理。从学校方面讲，这有悖于大学精神；从学生方面讲，则是成才理念有失偏颇。不可否认，就业很重要，上大学不考虑就业是做不到的也是不应该的，但狭隘的"就业""找工作"不是上大学的全部，而综合素质确实是根本。从长远发展看，一个综合素质优良的人往往具有可持续发展的潜力和创造力，其人生追求目标也会更高更远大，自我价值的实现以及对社会的贡献也会更大。大学学习无疑要兼顾就业需要的知识、技能、创造力、可持续发展潜力等综合素质的培养。

本科教育在根本上是素质教育。理论上讲，专业学习和综合素养培养并不矛盾；专业知识技能学习包含了素质教育，素质教育本身也包含了专业教育；大学本科教育实际上属专才教育与通才教育、专业教育和素质教育的结合。但"专业崇拜"心理导致了较为普遍的重"专"轻"通"、重"器"轻"道"现象，偏离了教育的人本宗旨。我之强调大学生的"素质教育"，并非轻视专业教育、技能培养、职业规划、就业指导等工作的重要性，而旨在强调人才培养的全面性，强调要培养人格完满的、全面发展的"人"（well-rounded person），而非专业"工具"和"机器"。教育事业在根本上是关于人的灵魂的事业，也就是要让人性趋于更完善，使人格趋于更完美，进而使人生更富有价值与意义。真正的教育是让每个人成为自己，使人成其为人，而不是成为专业"器具"。这是教育观念上"以人为本"的核心体现，是教育的人性化价值追求。

大学生成为综合素质优良的全面发展的"人"，可具体化为"专业的人、文化的人、世界的人"，这三者是依次递进、有机融合的"三位一体"。专业的人是有扎实的专业知识与实践技能，学有专长的行业高级专门人才。文化的人是科学素养与人文素养兼备、综合素质优良的人。世界的人是有走向世界与接纳世界的能力与胸怀，有民族意识和人类意识、祖国之爱与人类之爱的人。"专业的人、文化的人、世界的人"就是专业素质和综合素质优良的可持续发展的人。此处"文化的人"之"文化"，主要指科学素养与人文素养的融合。如果说"专业的人"重在专业或技术上的"成才"，那么"文化的人"重在精神与灵魂上的"成人"。这样的"人"有对真理的执着追求，有批判和怀疑精神，思想独立却又不偏执妄为；这样的"人"珍惜生命，自爱爱人，倡导人人平等，崇尚公平正义；这样的"人"有信仰有追求，能自我反省，还有足够的能力去掌控自己的人生与未来；这样的"人"有良好的文明素养、较高的道德水平，有自律意识又敢于责任担当。

在我国，科学素养的重要性是公认的，人文素养的重要性却是"隐性"的和非公认的。不过理论上有一共识：自然科学与人文社会科学如列车之两轨，让人类驶向文明的彼岸；同理，人文素养与科学素养似大鹏之两翼，助人才展翅高飞。就大学生而言，良好的综合素质应该是包括专业知识在内的人文素养与科学素养的融合。社会上批评的部分大学生"综合素质欠佳"现象，既表现为人文精神的缺失，也表现为科学精神的缺失。因此，学理工的要提高人文素养，学人文社会科学的要提高科学素养，这种交叉互补学习是必要的。

"没错，医学、法律、金融——这些都是崇高的追求，足以支撑人的一生；但诗歌、浪漫、爱、美，这些是我们生活的意义！"（美国电影《死亡诗社》）这话强调的就是专业与素养、生存与价值、有形与无形、实用与意义的关系。这不也在告诉我们：专业学习很重要，人文素养、综合素养的培养同样很重要，甚至更重要吗？

（原载《光明日报》2012-03-28）

大学之"树人"：专业成才，精神成人

德国诗人里尔克说："一棵树，长得高出了它自己……"

就人而言，能长得高出自己吗？那"高出"的又是什么呢？

当今，大学生就业难的问题受到普遍关注，常有批评说，大学生就业难的主要原因是专业学非所用。我觉得，这种批评有一定道理，但更值得我们反思的恐怕是大学生综合素质问题（当然也还有其他诸多原因）。那么，理想的大学毕业生应该是什么样的？我的回答是：专业成才，精神成人。

"专业成才"指的是一个人通过学习成为拥有具有某行业知识或技能、有一技之长的专门人才。俗话说，"行行出状元"，"一招鲜，吃遍天"。无论你受过何种程度的教育，只要勤于学习、不懈努力，终究会拥有一技之长以自我谋生、养家糊口，且能服务他人，为社会尽自己微薄之力，成为有用之才。作为一名大学生，就要通过大学期间的"科班训练"，扎扎实实学好专业基础知识，培养实践能力，成为学有专长的行业高级专门人才。

但是，除了"专业成才"之外，我还要深入讨论的是：一个具有持久竞争力的人，必然不只是"专业成才"，同时还应"精神成人"，或者说"人格完满"。美国著名教育家杜威先生曾经说过："一切教育的最终目的是形成人格。"对大学生来说，获得学位和毕业证书，不仅仅是因为他们在专业上达到了基本要求，还因为在精神上、人格上也达到了基本要求，也就是在"专业成才"的同时"精神"也"成人"了。当然，精神与人格的完善同专业的成才一样，不是一蹴而就、一劳永逸的，它的完善在一定程度上比"专业成才"需要更久长的时间，可以说是终身的。而且，在今后追求事业成功的道路上，完善的精神与人格比专业能力具有更重要的意义与作用。正如日本商界"四圣"之一稻盛和夫所说的：与才能相比，人的品格更重要。

"精神成人"或"人格完满"，指的是：如果说"专业成才"重在专业或技术上的训练与培育，那么"精神成人"则重在人格与心灵上的塑造与完善，成为人格完满的人。这样的人，科学素养与人文素养较好地融合，综合素质优良。这样的人，有对真理的执着追求，有批判和怀疑精神，思想独立却又不偏执妄为。这样的人，有信仰，有追求，能自我反省，还有足够的能力去掌控自己的人生与未来。这样的人，在社会上有良好的文明素养，有较高的道德水平，有自律意识又敢于担当责任，崇尚公平正义。这样的人，珍惜生命，自爱爱人，在充满竞争的社会中追求自身利益的同时能关爱他人。这样的人，也将是一个有大爱的人，是有民族意识和人类意识、祖国之爱与人类之爱，能拥抱现实与未来的世界的人。

对大学生来说，"专业成才，精神成人"是一种理想，更是一种现实追求，它不是空洞的，而是可以从不同的途径和程度上得以实现的。这种追求，让大学生具备良好的专业素养，身心健康、人格完满，在一定程度上，也就成了有精神高度的理想的大学生。

培养理想的学生，离不开理想的教师。理想的大学教师无疑应该说"学高为师，身正为范"。"学高"是好教师的职业技能基础，"身正"是好教师的职业道德条件。教师无疑需要学科专业方面的高深造诣，但仅此是远远不够的，因为教师的职业是以更高的道德要求为职业前提的。理想的教师除了有较好的专业学术素养之外，更重要的是其职业行为有很好的人文承载和责任担当。当下，来自学生和社会对教师的诟病，主要针对的不是"学"之不"高"，而是"身"之欠"正"。教师的人格缺乏道德感召力，知识与学问传授的有效度就降低，育人的整体有效度也自然降低。哈佛大学的爱默生（被誉为"美国文明之父"）

大楼北门上刻着一句发人深思的话："什么样的人让你难忘?"该校第26届校长鲁登斯坦给出的回答是：理解人、同情人、尊重人的人。"教育家的全部职责在于根据现时的条件而不是过去的条件，将真理、善良与正义的永恒理想付诸实用。"（富兰克林·罗斯福）教师的知识传授无疑很重要，但更重要的是对学生心智的开发与灵魂的启迪，让受教育者领悟什么是真理，如何追寻真理，领悟什么是生命及其价值，如何尊重和爱惜生命——自己与他人的生命。显然，好教师不仅要能引领学生登入知识与科学的神圣殿堂，更要能点燃学生灵魂之火，让他们的生命也因此更显灿烂；大学教师的教育不只是用一桶水灌满一碗水，更是一点火引燃一团火——寻找生命意义的激情之火，此乃"灵魂工程师"之真意也。大学者，非大楼之大，乃大师之大，而"大师"者必有精神与灵魂之高大。"灵魂工程师"的赞誉提醒我们：让学生精神成人，比让学生专业成才更重要。理想的大学教师其职业行为有高度的人文承载和责任担当，是学生精神成长的领路人！

同样的道理，大学之"大"，根本上也是文化与精神之大。教育永远是关乎人的灵魂的事业，这是对教育"以人为本"的深度理解与阐释，也是教育人性化追求的政治学和哲学依据。大学不只是储存知识的仓库，而且是人类精神文明的摇篮；大学不应停留于培养实用的工具，而应引导人性渐趋完善，提升学生的精神；大学是学本事的地方，更是学做人的地方——让学生精神成人，人格完善。据此，我们今天中国的大学，要真正树立并落实"以人为本""立德树人"的根本办学原则，就要在"人"字上而不是"器"字上做文章、下功夫：努力培养人格完满的"人"，而不是机械化的"工具"和实利主义的"职业人"。鉴于此，我认为我们的大学要树立和强化"本科教育在根本上是素质教育，而非仅仅是专业教育"的理念。理论上讲，专业学习和综合素养培养并不矛盾，因为专业知识技能学习包含了素质教育，而素质教育本身也包含了专业教育，因此大学本科教育实际上属专才教育与通才教育、专业教育和素质教育的结合。但流行于大学和社会上的"专业崇拜"心理导致了较为普遍的重"专"轻"通"、重"器"轻"道"现象，偏离了

教育的人本宗旨。我之强调大学生的"素质教育"，并非轻视专业教育、技能培养、职业规划、就业指导等工作的重要性，而旨在强调人才培养的全面性，强调要培养人格完满的、全面发展的"人"（well-rounded person），而非专业"工具"和"机器"。教育事业在根本上是关于人的灵魂的事业，也就是要让人性趋于更完善，使人格趋于更完美，进而使人生更富有价值与意义。真正的教育是让每个人成为自己，使人成其为人，而不是成为专业"器具"。这是教育观念上"以人为本"的核心体现，是教育的人性化价值追求，更是真正的和更高意义上的"树人"！

显然，无论对学生、教师还是大学而言，长得高出自己的部分，就是精神与灵魂的部分，就是人性的部分……

（原载《浙江教育报》2013-08-19）

专业的人、文化的人、世界的人

——寄语"新青年"

青年朋友们，新的一年即将来临，愿你们拥有新的希望、新的收获！

近期，浙江日报与浙江省教育厅联合发起"新青年的价值观"主题活动系列报道，在社会上引起强烈反响，引发了人们对新青年价值观的审视与思考。报道中那些感人肺腑的事迹和生动鲜活的形象，展示了一代年轻人崭新的精神风貌，也预示着中国未来的希望。

任何时代都有新旧观念的冲突与更迭，任何时代都有勇于担当责任的社会脊梁，尤其是年轻人，总是开风气之先，勇立时代潮头。我们处在一个社会转型、文化多元的时代，一个充满竞争、富有活力的时代，也是一个需要正确的精神与价值引领的时代。社会转型与文化多元也许会让少数涉世不深的年轻人一时价值迷失，但多元文化的冲击与熏陶也许恰恰能使青年人汲取丰富多样的精神营养，从而成长得更加身心健康、人格完满。从这种意义上说，我们所处的是一个呼唤精神人格更完满的人（well-rounded person）的时代，也是一个能够产生精神人格更完满的人的时代！

什么是"精神人格完满"的人？我把他概括为"专业的人、文化的人、世界的人"，这三者是依次递进、有机融合的"三位一体"。

"专业的人"指具有某行业知识或技能、有一技之长的专门人才。俗话说，"行行出状元"，"一招鲜，吃遍天"。无论你受过何种程度的教育，只要勤于学习、不懈努力，终究会拥有一技之长以自我谋生、养家糊口，且能服务他人，为社会尽自己微薄之力，成为有用之才。若是一名大学生，就要扎扎实实学好专业基础知识、培养实践能力，成为学有专长的行业高级专门人才。

"文化的人"指科学素养与人文素养融合、综合素质优良的人。人文素养与科学素养似大鹏之两翼，助人才展翅高飞。如果说"专业的人"重在专业或技术上的"成才"，那么"文化的人"重在精神与灵魂上的"成人"。这样的"人"有对真理的执着追求，有批判和怀疑精神，思想独立却又不偏执妄为；这样的"人"珍惜生命，自爱爱人，倡导人人平等，崇尚公平正义；这样的"人"有信仰有追求，能自我反省，还有足够的能力去掌控自己的人生与未来；这样的"人"有良好的文明素养，较高的道德水平，有自律意识又敢于担当责任。人立天地间，浩然有正气。孟子曰："吾善养吾浩然之气。"真正有人文情怀的人，也应该是有浩然正气的人。正气给人力量，正气催人向上，正气令人振奋，正气唤起希望。吾民族历来不乏有浩然正气者；事实亦证明，在当今多元文化与价值观念冲撞之际，我们的社会也不乏勇于担当的浩然正气者！

"世界的人"指有走向世界与接纳世界的能力与胸怀，有民族意识和人类意识、祖国之爱与人类之爱的人。在全球化时代，我们国家和民族正以更豪迈的步伐走向世界，向我们走来的也必定是一个国际交流更频繁、国际化程度更高的社会。因此，现在的青年人既要有民族精神、民族情感，有中国人的爱国心、责任感；又要有人类意识、全球意识，能以更广阔的胸怀接纳和拥抱现实与未来的世界，能在未来的国际大舞台一展风采，进而也让我们的祖国更强有力地屹立于世界民族之林。

"专业的人、文化的人、世界的人"，既是专业成才，又是精神成人，我以为，这是当今社会对青年人成长的一种理念期待，同时也蕴含着青年人自我完善应把握的价值理想。

（原载《浙江日报》2012-01-01）

"立德树人"与大学使命

把"立德树人"作为教育的根本任务，这为我国教育改革发展指明了方向，对大学履行好时代使命具有指导意义。

首先，要求大学回归和坚守育人之正道。我们通常都说，大学的基本功能是人才培养、科学研究、社会服务、文明传承。其中，"人才培养"是首位的，是大学的首要任务，这是毋庸置疑的。但是，仅仅这样理解还是不够的，因为作为一种表述，这四者（或许还暗含了五者、六者甚至更多）必须排出先后，因此只是意味着并列关系中有先后之别而已。其实不然。科学地理解这四项功能，后面三项都是由第一项派生出来的，并且它们首先是为第一项服务的。大学作为学校或者"学堂"，一开始就是以培养人为初始目标的，也是以培养人为自身存在的终极指归的，离开了这初始目标和终极指归，大学就不成其为"学校"或"学堂"，而是别种社会机构。如，若以科学研究为根本目标，那就是研究院。因此，大学的科学研究、社会服务总体上要围绕和服从于教学与人才培养，教学过程和人才培养也是大学传承文明的主渠道，所以，育人在四项功能中不仅是首位的，而且是居于核心地位的，是

"根本任务"。从世界高等教育发展史来看，即使是以强调科学研究和学术自由著称的德国教育家洪堡，也是围绕着学生培养的需要做此论述的。他认为，在大学里，科学研究与课堂教学相结合，才能达到培养学生良好的思维和高尚的品格的目的。英国大学自由教育思想的集大成者纽曼，其核心思想就是：大学的使命是培养独立人格、高尚情操和强烈责任感的人。这种思想集中体现在牛津大学和剑桥大学的学院制（或书院制）模式上：师生共同生活，共同探讨社会、人生和学问；目的在于培养人格健全、知识丰富、视野开阔、体格健全的人。哈佛大学前校长劳伦斯·H.萨默尔说："对一所大学来说，再没有比培养人才更重要的使命。假如大学都不能承载这一使命，我看不出社会上还有哪家机构能堪当此任。"

然而，一段时间里，我们许多大学教育工作者不仅在理解上割裂了大学功能的四者关系，从而弱化了育人功能，而且，在实践上更是动摇了教学和育人的核心地位。不少的大学也许受制于某些大学排行榜的社会影响与压力，有意无意中把可以量化的学科建设和学术研

究作为关注的中心，并冠之以"以学科建设为龙头"的理由充足之词，隐去了或弱化了学科建设、科学研究必须为人才培养服务的根本目的。大量的教师更是在这种理念与相关政策的引导下，理直气壮地重科研轻教学，重社会服务，课内课外均淡化了育人的根本任务，有的更是远离了教学，远离了学生，甚至远离了学校本身（专注于校外职业，甚至将其视为第一职业）。这种"远离"的现象还可以举出许许多多。一言以蔽之，在许多大学工作者头脑中和行动中，育人不再是大学的根本任务，学生也因此丧失了应有的主体地位。也许，我们今天的大学之所以备受社会的诟病，其重要根源之一就是办学普遍地、不同程度地远离甚至背离了自己的根本宗旨。我们的大学到底为此付出了多大的代价？这是十分发人深省的！

其次，要求大学育人以德育为先。我认为，"立德树人"最基本的含义是：教育以树人为本，树人以立德为先。然而，与上述原因相仿，一段时间以来，育人观念从学校到社会都被一种强大而无形的力量所牵引：重视技能的训练而轻视德行的培养，这是一种违背教育传统和育人本原的本末倒置的现象。中华民族历来就是重视德育的民族，我国古代先哲对德育在人的发展方面的首位作用很早就有很深刻的认识。《左传》有云："太上有立德，其次有立功，其次有立言，虽久不废，此谓之不朽。"这意思是说，人生的最高境界是立德有德，实现道德理想，其次是事业追求、建功立业，再次是有知识，有思想，著书立说。这三者是追求人生之不朽的途径，其中"立德"是第一位的，因为德是做人的根本，也是人之为人的灵魂。就一个志存高远的人来说，无德则无以立功、立言；德劣则无以建善功、立善言，自然也无以"不朽"。故而，评价人才，正如《资治通鉴》所说："才者，德之资也；德者，才之帅也。"引申到人才的培养上，就是：德为人才之魂，树人必先立德，"有才无德是危险品"。孔子育人的"孔门四科"——"德行、言语、文学、事政"中，"德行"为先。所以，"立德"是"树人"的前提，"大学之道，在明明德，在亲民，在止于至善"。

新中国成立后，党和国家一直十分重视德育工作，强调"德、智、体、美"的全面发展，德育是首位的。党的十八大报告第一次把"立德树人"作为教育的根本任务，这是对党的十七大提出"育人为本，德育为先"的新概括、新表述，进一步强调了德行培养在育人中的先导作用，进一步强调了"培养什么人，怎样培养人"问题的当下意义，这既是对我国德育为先优良教育传统的坚守和继承，也是对新中国成立以来我国教育方针的贯彻和强化，更是对当下育人过程中德育淡化的一种批评与纠正。道德是质量人的根本，根本不立，无以立人，所以，树人必以立德为先。

需要强调的是，从"以人为本"的理念出发，"立德"不能仅仅理解为思想政治教育，比如集体主义、爱国主义、诚实、守纪律之类，它的内涵还要宽泛得多。"立德"的更高层次的内涵应该是：对人的精神的提升和灵魂的塑造。人的精神是丰富的，人的灵魂是高贵的。从人性的角度看，道德应该有两个层次。一个是人的社会性层次，道德是维护社会秩序的手段；另一个是人的精神性层次，道德是灵魂的追求。这两个层次都不可缺少，但精神性的层次是更为根本的。康德说，人能够为自己的行为立法，指的就是这个层次的道德。人有超越于生物性的精神性，它是人身上的神性，意识到自己身上有这个神性部分，并且按照它的要求来行动，这是道德的本义。这是真正意义上的道德，它的基础是人身上的神性，是人的高贵的灵魂，它是真正自律的。如果没有这个基础，只在社会层面上谈道德，道德就仅仅是维护社会秩序和处理人际关系的手段，是一种功利性的东西，是他律。因此，我们说的"立德"，就是要从人性的根本入手，使人们意识到人的灵魂的高贵，在行为中体现出这种高贵。所以，我们讲德育，应该说是多层次的，既要重视政治品德的培育，又要重视学生公民之德的培育，还要重视职业道德的培育，更要重视高尚的君子之德和精神境界的培育，实现人性的不断提升。这就涉及了大写的"人"的培育。

再次，要求大学以培养综合素质优良、人格健全的完整的"人"为最高目标。在经济市场化、文化多元化的今天，人文精神的缺失使得教育陷入功利主义之中，此模糊了教育要培养"全面发展的人"的根本任务，使得教育离其崇高目标的追求越来越远，以致引发了发人深省的"钱学森之问"。因此，党的十八大提出的"立德树人"还有一个更深层次的问题，即"培养什么样的人，如何培养人"，因为这关系到"两个百年目标"和"中国梦"能否实现。从这个意义上讲，"立德树人"的提出旨在强调教育回归育人的本原，育人回归人本传统：提升学生的人文精神和综合素养，使之成为富有创新精神、人格健全的"全人"。大学之所以为大学，不仅在于它是一种传授知识、发现知识的场所，更因为它是一种精神陶冶、灵魂提升的圣地。蔡元培先生在《教育独立议》中就指出："教育是帮助被教育的人，给他能发展自己的能力，完成他的人格，于人类文化上尽一分子的责任；不是把被教育的人造成一种特别器具，给抱有他种目的的人去应用的。"蔡元培这一关于教育发展人的能力、完成人格的两大教育功能是对传统"大学"理念的现代诠释。今天，无论大学的功能如何多元，都必须坚守这种传统，永葆大学之本真。当今社会对人才的综合素质的要求是什么？1996年世界 21 世纪教育委员会在中国召开了"21 世纪人才素质理论研讨会"，提出了 21 世纪人才素质的 7 个标准。这些标准都与人文素质的教育相关，都是非知识性的要求。①积极进取开拓的精神；②崇高的道德品质和对人类的责任感；③在急剧变化的竞争中，有较强的适应能力和创造能力；④有宽厚扎实的基础知识，广泛联系实际并能解决实际问题的能力；⑤有终身学习的本领，能适应科学技术综合化的发展趋势；⑥丰富多彩的健康个性；⑦有和他人协调及进行国际交往的能力。[①]这七个方面的要求，实际上就是要求培养综合素质优良、人格健全的完整的"人"。

因此，"树人"，就是让每个人成为自己，成其为"人"，就是要贯彻人文精神，使人的天性得以完善开发，培养健康、善良的生命，活泼、智慧的头脑，丰富、高贵的灵魂，使受教育者成为全面发展的人。这是教育的人性化价值取向。人的全面发展是人类的崇高追求，是人的发展和社会发展的最高目标、最终价值取向，这也是"以人为本"思想在教育领域的人性化体现：让人性趋于更完善，让人格趋于更完善，让每一个

生命更富有意义与价值。所以，从立德树人的角度看，大学教育在根本上是素质教育。

总之，强调"立德树人"是大学的"根本任务"，对当下的高等教育改革具有很强的现实针对性，具有正本清源的意义。我们必须永远铭记：大学的核心和首要功能是育人，大学必须回归育人为本的正道，教育工作者必须坚守育人为本的天职；培养综合素质优良、人格健全的"完整的人"，是大学工作者的责任与使命。大学教师的教育工作不只是用一桶水灌满一碗水，更是一点火引燃一团火，此乃"灵魂工程师"之真意。而"灵魂工程师"的赞誉又提醒我们：让学生精神成人，比让学生专业成才更重要；理想的大学教师，其职业行为有高度的人文承载和责任担当，是学生专业成才的导师，更是精神成人的领路人！

（原载《光明日报》2013-11-13）

---

① http://blog.ifeng.com/article/445250.html，2013-08-06.

大学语文教学与大学生人文素养培育①

大学语文是高等学校的通识课程，对大学生素质教育起着重要作用。大学语文的教学无疑承担着训练大学生写作能力、提高汉语使用能力和文学鉴赏能力等任务，但在更高、更深层次上应该是大学生人文素养的培养。我国当代语文教育家于漪说过："语文课就是语文课，须把握它的本质属性，在语文知识教学、语文能力训练中贯彻人文精神教育，收到潜移默化春风化雨之功。"②语文教学如果缺失了人文性，也就失去了教育的深度与高度。大学语文的教学尤其如此。

一

目前很多高校的大学语文教学还未能将人文性、工具性和审美性很好地结合起来，往往更多停留在知识性讲解、工具性操作层面，对人文性缺少应有的重视。造成这种现象的原因是十分复杂的，诸如普遍的"专业崇拜"心理导致高校重"专"轻"通"、重"器"轻"道"现象的影响，学生学习的实用主义，教师对大学语文重要性认识的偏差，网络传播环境改变了大学生接受信息和思考问题的方式，使得他们漠视经典文本阅读的重要性，等等。

著名学者钱理群说："我觉得我们中国的大学弥漫着两种可怕的思潮：实用主义和虚无主义的思潮。所谓实用主义就是完全被个人利益所驱使，有用就干，无用不干。因此必然也走向虚无主义，就是除了时尚和利益之外一切都不可信，一切都不可靠，一切都可以放弃抛弃。实用主义和虚无主义就导致了大学的两个结果：一个是知识的实用化，一切与实用无关的知识都被大学所拒绝，既被大学里的老师所拒绝，也被大学里的学生所拒绝；二是精神的无操守，拒绝一切精神的追求和坚守。"③浮躁的世风扰乱了大学校园的平静，也搅乱了教师授业和学生求学的定心。联系到大学语文，它原本就是一门公共类的文化素质课程，专职教授这门课程的教师很难做出科研成果，在核心刊物上发表文章也非常不易。加之国家这方面的科研立项很少，教师没有项目可做，评职称也就特别困

---

① 本文与高等教育出版社人文分社副社长云慧霞博士合作。
② 转引自崔雨：《于漪语文教育思想》，《现代语文》2002 年第 8 期。
③ 钱理群：《今天的中国不能没有梦》，《寻找北大》，中国长安出版社 2008 年版，第 241 页。

难，从而使得这门课程以及讲授这门课程的教师处于越来越边缘化的境地，导致不少大学语文教师自己也对教授这门课程失去信心。表现在教学实践上，不能将主要精力放在教学当中，不去研究学生的心理，不从学生的实际出发进行有效教学，不能发挥课程应有的对学生的精神净化和陶冶作用，导致学生人文素养的缺乏。从学生角度来说，在经典解构、传统话语边缘化、商业文化所带来的多元文化语境中，大学生很容易产生浮躁和虚无的情绪。而且，社会就业压力的增大，也使他们产生了急功近利的心态，寄希望于学业上的短期速成。"他们希望全面提升自己各方面的能力，又不愿意付出切实的努力；他们渴望自我塑造和自我实现，但是又缺乏应有的学习能力。"[1]若这时教师没有给予及时的引导，很容易导致起码的价值观的错位和人文素养的欠缺，从而变成机械的人、自利的人。

大学生人文素养的缺失还与社会及高校中存在的"专业崇拜"现象有关。近些年来，各高校为了提高就业率，特别重视对学生专业知识与技能的培养，以适应社会的需要，这无疑也是必要的，但实际的更多情形是由此而忽视、轻视了学生综合素质的培养。"中国的教育培养的不是人，而是专业工具。结果，这种专业万能的信念，创造了种种'热门专业'的神话，严重扭曲了大学的精神，甚至在学生的实际生活中也误事。"[2]许多大学生迫于就业压力，在校期间忙于本专业知识的学习和英语等工具性学科的技能提高，很难将时间和精力放在大学语文等文化素质类课程的研修上。"'专业崇拜'现象背后隐藏了急功近利、实用主义心理。从学校方面讲，这有悖于大学精神；从学生方面讲，则是成才理念有失偏颇。不可否认，就业很重要，上大学不考虑就业是做不到的也是不应该的，但狭隘的'就业'、'找工作'不是上大学的全部，而综合素质确实是根本。"[3]在貌似"学以致用"实则功利主义氛围里，大学生重感性轻理性，重物质轻精神，工具理性占据着他们的精神世界，而价值理性失去了应有的位置，导致其人文素养的严重缺失。

网络文化对大学生的精神和生活也带来了很大的冲击。一方面，网络文化的自由性使得大学生可以随意地交流和便捷地获取自己需要的信息，也可以更自由地表达自己的思想和观念；另一方面，面对网络环境提供的纷繁复杂的信息，人生观、价值观尚未稳定的大学生很容易被色彩斑斓的图像和浅层感性文字所吸引，拒斥纯文本的阅读，经典文本更是被其拒之门外。复旦大学做过一

① 冯大建、迟宝东：《主体、对象与技术条件——大学语文教育改革的三要素》，《南开学报（哲学社会科学版）》2007年第1期。
② 薛涌：《北大批判——中国高等教育有病》，江苏文艺出版社2009年版，第13页。
③ 蒋承勇：《"专业崇拜"与大学生素质教育》，《光明日报》2012年3月28日。

个调查：目前大学生阅读本专业经典著作的只有 15.2%，阅读人文社会科学经典著作的有 22.8%，阅读专业期刊的有 9.3%，相较而言，美国的大学生经典著作的阅读量平均每周要超过 500 页，远远高于中国学生。网络上，包括经典文本在内的大量文学著作变成了"图说"形式，经典著作在中国大学生那里已经失去了往日的魅力，大学生们更愿意阅读那些一眼就能明了的浅显读物，而不愿意深入作品的内核，去领略和思考更深层的意义和美感，从而导致思想的浅表化，分析问题也只是就事论事，缺乏独立思考和判断能力。大学语文课程以讲解古今中外的经典篇目为主，让学生了解各个时期的不同民族的文化，但因网络文化的泛滥使得学生阅读习惯发生变化，对经典名篇的学习只能停留在理解阅读上，而很少能够达到对作品的深度思考，更不用说精神领域的升华，从而导致大学生人文素养的缺失和创新能力的萎缩。

二

德国诗人里尔克在《献给俄耳浦斯的十四行诗》里有这样的诗句："一棵树长得高出自己。"一棵树长得超出其他树木，在树林中很容易看到这种情景，但是一棵树超出其他树木很容易，却不可能高出它自身。树就是树，它有多高就是多高，人却不同，人可以高出他自己。一个矮个子的人，可以在人们心目中很高大；反之，一个高个子的人也可能很矮小，因为人有精神和灵魂，人高出自身的部分就是精神和灵魂的部分，是更人性的部分。一个真正高大的人不是因其外形，而是因其精神与灵魂的深厚与博大。

面对功利主义、专业崇拜以及网络文化对大学教育的影响，对学生心灵的侵蚀，大学生人文素养的培养问题被提到了重要的位置。而近些年来社会上频繁发生的大学生犯罪事件，也日渐凸显出大学生价值观的严重错位和人文素养的欠缺。人文素养通常指一个人在人文科学方面达到的综合素养的水平与境界，主要体现在如下方面：在人与自然的关系上，强调以人为本，突出人的主体地位；在人与社会的关系上，强调人是目的，以满足人的各种需要为原则；在精神与物质的关系上，强调精神超越物质；在人与人的关系上，强调相互尊重对方的人格尊严，突出人人平等的原则。提升大学生的人文素养，其核心任务是把以人为本、突出个性、挖掘潜能、培养学生的综合素质作为基本目标，激发大学生对人类生存意义和价值的关怀。大学语文就应该在培养学生基本语文能力的同时，拓宽和提升其人文视野，培养其人文素养、人文情怀。

诗人叶芝说："教育不是注满一桶水，而是点燃一把火。"大学不仅是储存知识的仓库，还应是文明的摇篮，大学教育的根本目的是对学生的精神和灵魂的陶冶；大学教师的教育也不只是用一桶水灌满一碗水，更是点燃学生探索真理和寻找生命意义的激情之火。在各类教育中，知识传授无疑是基本的也是重要的，但若仅限于传授专业知识和技能还远远不够，其中人文教育更难也更重要。因为人文教育要让学生领悟什么是真理，如何追寻真理；领悟什么是生命及其价值，如何尊重和爱惜生命——自己与他人的生命。人文教育是要让受教育者成为真正的"人"，需要潜移默化和精神的领悟才可达到，所以要比其他教育的难度更大。落实到大学语文教育，其目的就不只是灌输给学生语文知识，提高其写作能力，更重要的是对大学生心智的开发与灵魂的启迪。大学语文教育的成功与否不是看教出了多少成绩优异的学生，而是看塑造了学生什么样的人格。教师应当用自己的热情，激起学生的生命热情，燃起学生拼搏的火焰。

正如任何一个民族的综合实力都是由硬实力和软实力两部分组成一样，一个人也是由这两种实力组成：硬实力是他的专业知识，软实力是他的人文素养，二者互为支撑，相辅相成。为了使学生更好地获得这两种能力，大学本科教育需要将专才教育与通才教育、专业教育和素质教育较好地结合起来。目前我国高校课程设置包括三个部分：基础理论、专业知识与技能、人文素养，只有三部分结合起来才能培养出高素质的人才。基础理论和专业知识技能的学习包含了素质教育，而素质教育本身也包含了基础理论和专业教育。所以，提倡培养大学生的人文素养，并非轻视专业教育、技能培养、职业规划、就业指导等工作的重要性，而旨在强调人才培养的全面性。具体到大学语文教育，工具性和人文性就不能理解为"工具"加"人文"，而是互渗互透、融为一体的，是一个统一体的两个侧面。舍弃人文就无法掌握语言这个工具。文化内涵本是语文的固有根基，抽掉人文精神，必然导致只强调语文工具而看不到使用语文工具的人。

教育在根本上是关于人的灵魂的事业，也就是要让人性趋于更完善，使人格趋于更完美，进而使人生更富有价值与意义。复旦校长杨玉良说："一颗没有精神家园的心灵，不可能思考自己生命的意义和价值，因此也不可能对他人有真正的情感关切，对社会有真正的责任心。"物质利益的实现和满足不是人的生命的全部，人只有具有了精神的完满才是社会的人的最终确证。在当今人才竞争日趋激烈的社会里，在专业知识和技能不分高下的情况下，个人的文化素质和人文素养就成为竞争的核心要素。

三

根据前述大学生人文素养缺失的原因和当前大学生人文素养培养的重要性的分析，笔者认为，大学语文需按照语文教育的一般规律来进行，即以经典文本为基础展开的知识讲解、情感启发、思想升华的素质教育活动。大学语文"是以提高学生的语文素养为教学目的：其与中学语文教学的区别，则在于要摆脱应试的桎梏，明确素质本位，吸引大学生主动参与教学过程，在高层次上提升母语表达水平与人文情怀。"①高中语文通过中外文学优秀选篇的阅读和讲解，旨在帮助学生理解选文意义，掌握应有的知识点，并在一定程度上使学生掌握必要的写作基本要素，逐渐培养起学生的写作能力；大学语文的教学目的就应该注意其高等教育的特点，不能再重复中学语文的知识性与工具性诉求，而应该将重点放在提升学生的审美性进而提升其人文素养上面来，承担起人文精神的传播和道德情操熏陶的使命。

大学语文课程作为"高等语文"，主要面向大学一年级学生，无疑有培养学生语言能力的任务。但是，大学生毕竟已有中小学语文学习的经历，在阅读理解及语言文字的运用上已有相当的基础，没有必要再去重复中小学的语文教学路数，过于突出工具性。在技术理性盛行和中小学素质教育还难以落到实处的今天，大学生虽然仍需进一步提高母语应用能力，但更需要的是提高人文素养，而这又不是文学教师们对学生进行满腔热情的文学鉴赏能力和审美能力教育所能奏效的，因而用"大学文学"取代"大学语文"显然也过于狭隘。我们认为，通过赏读富有审美情趣和思想启迪的经典文本，既可以触动和激发学生潜在的人文关怀，以期给他们补充人文营养，又可以提升他们的文学鉴赏能力和审美能力，还能"自然而然"地提高他们的语言能力。因此，

一本选文精美、人文意蕴丰厚的大学语文教材，是人文熏陶的经典、审美教育的华章、语言训练的范本。在这个意义上，并非只有文学文本才具有审美的因子，半部《论语》也好，"史家绝唱"也罢，又有哪一点输给了文学？"上帝死了"的预言，"诗意栖居"的渴望，都充满了文学性，或者说，其内涵之深刻、形式之规范、语言之纯粹，足以称语言文学的典范。基于此种理念，大学语文的理想模式应该是"人文—审美—工具"的三位一体，其中人文性是第一位和根基性的。学生在掌握专业技能的同时，若能通过大学语文的学习，还能获得一种人文素养和情怀，那是我们的莫大欣慰。"专业成才，精神成人"，这是大学生全面发展的需要，也是我们培养人才的努力方向。

需要指出的是，大学生的文化素质教育并不等于中国传统文化教育，所以，大学语文选用经典文本不能只包括中国古代的文学作品，还应包括中国现当代和外国优秀文学作品。经过几千年文明积累起来的中西方文化中渗透着各自的民族个性，对本民族的灵魂的塑造起过重要的作用，每一个经典作品中都有着丰富的文化内涵，蕴含着极其深厚的人文精神。对古今中外的经典作品的学习，可以使大学生了解到中国文化的博大精深和西方文化的源远流长，从而培养其积极进取、乐观向上的人格品质。然而，

---

① 陈洪：《在改革中加强"大学语文"课程教学》，《中国大学教学》2007 年第 3 期。

多年来，我国大学语文教育中较重视中国传统文化的教育，因此，在大学语文的选篇当中，中国古代文学作品占了很大的比例，相较而言，中国现代文学和西方文学的选篇很少或没有，有的干脆就用"大学国文"作为大学语文。其实，在西方文学和文化中同样拥有丰富而独特的人文精神。从《圣经》这部宗教文学作品中，我们看到的是希伯来人在长期不懈的追求和无尽的磨难中所表现出来的不屈的生命意志和对未来的企盼；在中世纪文学中我们看到"作为有情欲的存在物"的人在精神层面的提升，真切地感受到在宗教压抑和生命渴望的矛盾冲突中人的复杂的情感心理活动；从《十日谈》中我们读到的是以人为本、宣扬人权和自然人性，反对教会和禁欲主义，把追求个人的自由与发展放在首位的人本主义精神；卢梭的《新爱洛伊斯》通过抒写人的自然情感来肯定人类自身，说明值得人赞颂并引以为豪的并不仅仅是人的理性，还有其美好的情感世界；歌德的《浮士德》这部可谓"近代人的圣经"①的著作则告诉我们：人生的意义就在于永远不满足于既得的一切，永远向无尽的宇宙做无止境的追求，人生的

痛苦也便由此而来；而从托尔斯泰、果戈理、陀思妥耶夫斯基等人的作品中我们看到的是通过自身的经历和思索在宗教领域中苦苦地探寻生命的意义、生命的价值的过程。所以，大学语文教材的选文应该有足够的外国经典文本，以拓宽与提升学生的人文视野。大学语文教师通过阐释经典作品的思想内涵，挖掘其中蕴含的深厚的人文精神，来提升学生的文化底蕴，带领学生追求美好的理想，从而产生对自然、社会、人生的有益启示。

参考文献：

[1] 陈洪.在改革中加强"大学语文"课程教学 [J].中国大学教学，2007（3）：16—18.

[2] 蒋承勇."专业崇拜"与大学生素质教育 [N].光明日报，2012-03-28.

[3] 冯大建，迟宝东.主体、对象与技术条件——大学语文教育改革的三要素 [J].南开学报：哲学社会科学版，2007（1）：39—41.

[4] 吴俊，刘佳人.试论当代大学生人文素养的培养——兼论大学语文教育[J].贵州师范学院学报，2011（8）：48—52.

（原载《中国大学教学》2013年第2期）

---

① 宗白华：《美学与意境》，人民出版社1987年版，第66页。

弘扬校训精神，追求幸福人生

——在浙江工商大学 2013 届本科生毕业典礼上的讲话

同学们：

很高兴参加你们的毕业典礼！这是一个庄严的、充满留恋与向往的聚会，也是共同分享丰收喜悦的时刻。我为你们感到骄傲与欣慰，我要代表学校全体教职工，向你们送上热烈的祝贺与衷心的祝福！

四年前，你们带着热情与梦想走进了浙江工商大学。回想一下，当时你怎样设计自己的大学追求？四年里，你在收获的同时又有什么遗憾？现在，这一页马上就要翻过去了，新的征程即将开启，你又是怎样设计未来人生的？作为母校的教师也是长辈，我有许多嘱咐与祝福想送给大家，但此刻我只想和你们一起重温母校的校训。

无论从学校前大门还是后大门走过，你们都可以看到"诚毅勤朴"四字校训。几年来，你们曾无数次地从她面前走过，对她已耳熟能详。四字校训言简意赅又意蕴深远，尤其是，她作为我校办学理念的价值预设和高度提炼，作为学校文化精神与文化传统的核心概括，要在实践中全面落实并不断传承光大，那是长期而艰巨的任务。对每一位商大学子来说，校训不仅是你在校期间为学、为人应遵循的准则，也是你走出校门后依然值得信守的人生信条，她会帮助你成就幸福的人生。

——"诚"，可理解为诚实、诚信、真诚、纯真，就是希望你们能拥有诚实守信、襟怀坦荡之品格。从幼儿园开始，老师与父母都教育孩子要诚实，但今天的社会不绝于耳的是对诚信缺失现象的指责与批评。虽然，我们身边不乏诚实守信、真诚善良的人和事，就像我们身边从来不缺爱的感动一样，但诚信、真诚的缺失无疑是经常让人们痛心疾首的不良社会现象，即便是大学校园里也难以幸免。到底是什么样的人缺失诚信，到底是什么销蚀了真诚与诚信应有的感召力？这个显得复杂而沉重的问题，向我们提示了恪守"诚"字校训的重要性与现实意义。

常言道，"时间就是金钱"，因为时间可以让我们创造价值；换一种角度，美国的大科学家、思想家本杰明·富兰克林说，"诚信就是金钱"，"诚实和勤勉应该成为你永久的伴侣"，因为诚实、诚信可以成为你事业真正成功和最终成功的信誉资本。所以，我希望大家在走上工作岗位之后，不忘"诚"字校训，讲诚信、保真诚，并以此在道德品格上不断自我完善，始终不丧失人的良知，这也是受过高等教育的你们走向社会后应该担负的社会道德责任。每个人都可以是社会不良现象的批评者，但每个人也都是社会道德的建设者。当我们每个人都在自己的职业行为中体现出以诚信为道德底蕴的敬业精神时，当我们每个人都对他人多几分真诚时，那么，我们大家的生活都将更美好。

——"毅"，可理解为坚毅、刚毅，执着、坚定，就是要我们磨砺意志，开拓进取，不屈不挠，执着追求美好的理想。人们常常信奉"不想当将军的士兵不是好士兵"的名言，但我要奉劝大家：要想当将军，先当好士兵！不要厌弃在平凡岗位的自我历练，不要总是想走捷径让梦想一夜成真。如今的人们似乎特别崇尚快与速成，但速成的有可能是速朽的，易得的也常常是廉价的，浮躁和取巧是成功的大敌。美国的大实业家舍希德·汉说过，"每当我面对容易的路或艰难的路的时候，结果证明艰难的路总是正确的路"。从平凡做起，从艰辛起步，曲折、丰富的人生阅历铺就成功之路。人贵自立，真正的自己是自己塑造的，坚定执着的自我努力所成就的人生梦想，才是生命中最甜美的雨露甘泉。

——"勤"，也即勤奋、勤勉、勤业、敬业，就是要我们养成勤奋勤业、不懈探索之习惯。有关勤奋的励志名言数不胜数，但是，要化为自觉行动却非常困难。请问，接受了四年的高等教育，你是否养成了"勤"的习惯，换句话说，"勤"在多大程度上已熔铸为你自觉自然的素养和秉赋？你是否已真切地认识到，无论今后从事何种事业，读书、思考都应该成为自己生活中不可或缺的一部分？我以为，何种程度上拥有了这种素养和秉赋，应该是对你四年学习之成果的一种无声无形的评价与检验。有一种说法：对许多人来说，决定一生成功与否的是，每天晚上 8 点至 10 点钟有多少时间用来读书和思考。良好素养与习惯对成功起着巨大作用，它是助人成就事业的精神资源。"业精于勤，荒于嬉；行成于思，毁于随。"在今天这个显得浮躁的年代，我希望同学们走出校门后依然或者更加勤学多思，保持思想与精神的独立；勤业敬业，与勤勉的好习惯终身相伴。若此，你会梦想成真！

——"朴"，也即朴素、朴实，纯朴、淡然，就是要求我们追求朴素自然、从容淡定之生活方式和人生境界。"朴"字的最初本意是树木生长时树皮自然开裂而发出的声音，后又引申为"树皮""未经使用的木材"之意。"朴"也隐喻自然本真的状态，坦荡从容的境界。我们处在一个物质相对富裕和繁荣的年代，但也无须讳言，我们又处在一个生活相对奢靡、精神相对空洞的年代；某些浮华的背后隐藏着灵魂的苦涩与不安，节俭、朴素、纯真、淡泊被挤压在一个狭小的空间。历史的事实告诉我们，文明的进步无疑是要让人类在生活得更加自由的同时，又更好地抑制与生俱来的原始冲动和非理性欲望，进而提升精神与灵魂的境界，让人的生存拥有更多的、真正的幸福。然而，今天不同程度的物欲泛滥却与这种目标背道而驰，恶性的物质争夺和贫富攀比使一些人的心灵变得冷漠和自私，他们的生活很难说是真正幸福的，起码也是不够文明和高尚的。我们无疑需要有基本的物质条件来保障个人的生存与发展，物质与权力也一定程度上是成功人生的标志，但不是成功的唯一和全部，更不是幸福人生的必然指归。所以，合理、适度的物质条件是人生梦想的题中应有之义，但这并不意味着你因此可以利欲熏心，一味追求奢华和虚荣，过于把幸福人生的目标同金钱和权力的拥有画等号。其实，幸福的人生也可以是简单而朴素的，或者说，真正幸福的人生应该包含朴素与纯真；

物质的相对富有未必要以挤去人性的纯朴、善良为代价；真正文明而自由的生活，是保留了心灵的纯朴与本真、从容与坦荡的生活，是人的天性自然舒展的生活，而这也许就是真正幸福的生活。希望同学们在今后的人生旅途上，能在忙碌、浮华与喧嚣中常常倾听来自心灵深处的呼唤，始终不丧失那份自然素朴的人性之本真。

同学们，请记住母校的校训，带上她去奔赴新的征程！

我坚信，你们会让浙江工商大学的校训精神发扬光大，而她也将帮助你们实现美好的梦想，让你们拥有真正幸福的人生！

再次深深地祝福你们！

(2013-06-13)

后记
AFTERWORD

岁月匆匆。"时间都哪里去了?"

从 2011 年 4 月在腾讯网站开微博至今,将近三年了。其间,陆续发了一些零碎的文字,如今编辑成册,留下了这三年中部分业余时间的些许痕迹。

每一条原发微博,限于 140 个汉字,这是一种特殊的文体——"微博体"。然而,网络时代,朝成夕灭的事物比比皆是,那么,微博这种传播形式会持续多久?有一天当它消失了的时候,这种"微博体"也许就随之不复存在了。若此,这本小册子也不失为"微博体"的一种见证。

浙江工商大学办公室的郑晶玮和周峰程同志,以及学校官方微博团队的同学们,在工作与学习之余把我的这些文字辑选成册,他们为此付出了辛勤的劳动;特别是擅长于文字编辑又热心于学校官方微博的小郑,为之做了大量筛选、编排和校对的具体工作。在此,我要向他们表示衷心的感谢!

微博作为一种新媒体,其传播需要博友的互动。这本小册子收录了许多博友的评论文字,从而延展了原文的蕴含,使我的每一条原发微博的内容显得丰富多彩。为此,我要向他们表示衷心的感谢!

另外,小册子里大量的图片,一般都与文字表达的内容相互映衬、相辅相成。这些图片,大部分是我自己随手拍的,有的则是网上下载的,但现在已难于一一注明出处,也只能在此向这些图片的不知名的作者谨致谢忱了!

最后,我还要感谢浙江工商大学出版社社长鲍观明、责任编辑刘韵等同志的大力支持与帮助!

末了,引用我于 2012 年 4 月 4 日写的一条微博来结束这"后记":

"时间的隧道让鲜活的存在卷入无底的黑洞,依稀模糊,渐行渐远……记忆的画卷历经岁月的斑驳,褪不去最初情感的底色。追寻这底色,便是对消逝的存在的缅怀,也是对当下生活的珍惜与感恩。"

蒋承勇
二〇一四年三月十八日晚于钱塘江畔